14

반자개 장편 소설

초판 1쇄 찍은 날 | 2017년 5월 29일
초판 1쇄 펴낸 날 | 2017년 6월 5일

지은이 | 반자개
펴낸이 | 예경원

기획 | 위시북스
편집책임 | 박우진
편집 | 이즈플러스

펴낸곳 | 예원북스
등록번호 | 제396-2012-000132호
등록일자 | 2012. 7. 25
KFN | 제1-110호

주소 | 경기도 고양시 일산동구 호수로 646-24 위너스21 II 빌딩 206A호 (우)10401
전화 | 031-819-9431 팩스 | 031-817-9432
E-mail | yewonbooks@naver.com

ⓒ반자개, 2016

ISBN 979-11-6098-274-9 04810
　　　979-11-5845-549-1 (set)

※ 파본은 구입하신 서점에서 교환하여 드립니다.
※ 저자와 협의하여 인지를 붙이지 않습니다.
※ 이 책은 예원북스와 저작자의 계약에 의해 출판된 것이므로 무단 전재 및 유포, 공유를
　금합니다.
※ 이 도서의 국립중앙도서관 출판시도서목록(CIP)은 서지정보유통지원시스템 홈페이지
　(http://seoji.nl.go.kr)와 국가자료공동목록시스템(http://www.nl.go.kr/kolisnet)에서
　이용하실 수 있습니다.

반자개 장편 소설
WISHBOOKS MODERN FANTASY STORY

건축의 신

14

Wish Books

CONTENTS

92장 첫 번째 일거리   7
93장 취업 선물(1)   65
94장 취업 선물(2)   105

95장 왕세자(1)   149
96장 왕세자(2)   191
97장 왕의 한 수, 그리고 예정된 실수(1)   233
98장 왕의 한 수, 그리고 예정된 실수(2)   277

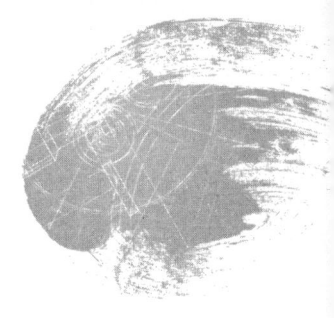

난 지금 직원 휴게소에 자판기 커피를 마주하고 앉아 있다.
세상을 너무 쉽게 생각하고 있었다.
"인사과에 가서 말씀하시면, 설계2팀 사원증이랑 출입카드 줄 겁니다. 그거 가지고 우리 팀으로 오시면 됩니다."
곽 이사의 이 말만 믿고 인사팀으로 갔는데, 결과는 대기발령이었다.
인사팀장이 응접실로 나를 안내했다.
소파에 자리를 권하고, 손수 원두커피를 내려와 내게 권했다.
"성훈 씨 이야기는 들었습니다."
검은 뿔테 안경을 손가락으로 치켜들며 그가 말을 꺼냈다.
마른 인상에 각진 안경의 깐깐한 이미지와는 달리, 부드러운 말투였다.

"곽 이사님의 입장을 배려해서, 대기발령으로 해두었습니다."

왜 들은 것과 다르냐는 내 말에, 그는 이렇게 답했다.

"이사님께서도 충분히 고민하신 문제겠지만, 이런 막무가내식의 인사를 저는 인정할 수 없습니다."

그보다 한참 어린 내게도 존대를 하며, 차근히 사정을 설명했다.

틀린 말이 아니었기에 반박할 수 없었다.

가만히 경청하는 내게 그가 눈을 맞추며 말했다.

"저는 아직 성훈 씨가 어떤 사람인지 모릅니다. 지금 상황에서 알 수 있는 건, 곽 이사님의 움직임으로 보아 일반인이 아니다. 그 정도겠죠."

'정체를 모르는 데도, 자기 일은 해야겠다?'

고집이 느껴지는 입매, 그러면서도 상대에 대한 배려가 있었다.

'전형적인 외유내강이군.'

그러면서도 적을 만들지 않는 타입으로 보였다.

그와의 시간은 내게도 의미 있는 시간이었다.

그에 대해서 파악할 수 있었으니까.

묘한 호기심이 생겼다.

'이런 유형도 있었군.'

회사에서 그보다 많은 청탁을 받는 사람이 또 있을까?

현재 건설 인사팀장.

'인사'라는 사장의 권한을 대행하지만, 사장보다는 대하기 편한 자.

이리저리 떡고물을 챙기며, 편한 대로 살아갈 수도 있었을 것이다.

사장의 신뢰?

그런 것은 이미 한 몸에 받고 있을 터!

신뢰할 수 없는 이에게 인사를 맡기는 사장은 없다.

인사가 만사인 건 누구나 아는데.

그런데 그 인물이 자기 일을 하겠다고 한다.

곽 이사에게 정면으로 맞서는 일이 있어도.

그가 말을 이었다.

"저는 사내 정치, 그런 데는 관심이 없습니다. 그렇다고 이런 막무가내 인사를 묵과할 수도 없습니다."

자기 일에 대한 책임감이랄까?

"충분히 검토한 후에, 인사발령을 내겠습니다."

그의 의지가 느껴졌다.

"알겠습니다."

그것으로 인사에 대한 이야기는 끝났다.

자리에서 일어났다.

그도 나를 따라 자리에서 일어섰다.

"혹시라도 억울하게 생각하지 말았으면 합니다. 인사란 원래 이런 거니까요."

차분한 어조로 미안해하는 그를 보니, 얼굴에 조용한 미소가 떠올랐다.

그에게 먼저 악수를 청했다.

'응?'

그는 잠시 머뭇거렸지만, 내 손을 잡았다.

"저도 이 회사가 건설이라고 현장처럼 주먹구구식으로 운영되고 있었다면, 실망했을 겁니다."

"네?"

"팀장님 말씀이 맞습니다. 각자가 맡은 일에 책임을 다해야겠죠."

"이해해 주셔서 고맙습니다."

"그럼 다음에 뵙겠습니다."

목적한 바를 이루지는 못했지만, 기분 좋게 사무실을 나왔다.

그리고……

지금.

"하! 이거 참!"

난감한 상황에 빠졌다.

앞에 있는 것들은 무조건 부수며 달려왔다.

현장 일이라는 게, 그런 것들 아니던가?

안 된다고 하면 되게 만들고, 그러고도 통하지 않으면 깨부수기를 몇 차례.

"이건 현장에서 느낄 수 없었던 거라고."

벽이 느껴졌다.

현장이 무관들의 무대라면, 여기는 문관들의 세계랄까?

꼬장꼬장한 유생을 대하는 느낌을 받았다.

그러나 깨부숴서는 안 되는 것.

그들의 룰이기 때문에 지켜야 하는 것이 아닌, 그것이 맞는 것이기에 존중해 줘야 한다.

"차라리 최 이사나 곽 이사가 난 대하기 편하다고! 같이 맞붙으면 되니까."

보이지 않는 적은 내 꼬리를 잡고 있는데, 나는 지금 여기 멈춰 서 있다.

"내가 이런 대기업에서 일해 본 적이 있어야지."

지난 삶에서 경험한 적이 없었기에, 당면한 난관이었다.

애초에 탄탄하게 구성된 팀에, 권력을 이용해 강제로 비집고 들어가려 했던 것이 문제였다.

하지만 더 큰 문제는 그게 당연히 될 거라고 생각했다는 거.

'솔직히 곽 이사의 부탁이면 이 정도는 가뿐하게 해낼 줄

알았거든.'

내가 곽 이사와 특이한 관계라 못 느끼는 거지, 실제로 대기업의 이사라고 하면 되는 것보다 안 되는 게 더 적은 직함이 아니던가?

지난 삶에서 본 대기업 이사라는 직함은, 그 당시 내게는 하늘보다 높았다.

허나 현실은 그 또한, 대기업의 부품일 뿐이었다.

'그게 가능하면 구멍가게라는 생각은 왜 못 했을까? 이 답답아!'

조급한 마음이 이런 결과를 만들었다.

'못난 놈!'

알량한 권력이라 비웃었던 주제에.

그걸 특권이라고 누리려 하다니.

모순이잖아.

또 강제로 그렇게 만든다고 치자.

곽 이사와 인사팀장 둘 중의 하나, 혹은 둘 다 그들의 입지에 균열이 생긴다.

'그렇게 해서 내가 얻는 게 뭔데?'

일반 사원 자리 하나?

이득보다 치러야 하는 대가가 너무 크잖아.

곽 이사는 결과를 전해 듣고, '당장 요절을 내겠습니다'라며 뛰쳐나갔지만, 결과가 바뀌리라는 기대는 들지 않는다.

'곽 이사가 맞상대하기에는 수준이 너무 높아.'

그는 적으로 대하기보다는, 아군으로 품어야 마땅한 사람이었다.

'어디 가서 그런 사람을 구하겠어?'

품지 못하더라도 적으로 만들 이유는 없었다.

'그렇다고 이렇게 멍하니 있을 거야?'

내 안의 물음에 고개를 흔들었다.

"아니. 편하게 쉬려고 올라온 게 아니거든."

이 시간에도 내 뒤를 쫓는 자들은 야금야금 거리를 좁혀 오고 있을 것이다.

종이컵을 구기며, 자리를 박차고 일어났다.

이제 남이 주는 일이 아니라, 내가 일을 만들어 가야 할 때다.

곽 이사가 씩씩대며 인사팀 문을 벌컥 열었다.

"박 과장. 내가 아까, 김성훈이! 설계2팀으로 배정하라고 했는데, 왜 아직 안 된 거야!"

사무실에 싸늘한 정적이 감돌았다.

박 과장이 튀어나와 머리를 조아렸다.

"이사님…… 그게……."

"뭐가 문제인 거야?"

"그게 저희 팀장……."

그의 말이 채 끝나기도 전에 목소리가 들렸다.

"제가 반려시켰습니다."

"엉? 누구야?"

곽 이사가 눈을 희번덕거리며, 목소리의 주인을 찾았다.

"접니다."

맨 안쪽 자리의 인사팀장이 안경을 치켜들며 곽 이사를 응시했다.

'아까는 없더니.'

깐깐하기로 소문난 사람이었다.

하지만 여기서 지고 들어가면 될 것도 안 되지.

"왜! 뭐 때문에! 아까는 된다고 했잖아!"

"곽 이사님. 흥분하지 마시고."

박 과장이 그를 말렸다.

그의 판단으로는 별문제가 없었다.

특채로 들어오는 인원들. 임의적으로 적소에 배치하면 되는 문제였기에, 그렇게 판단했던 것이다.

그러나 팀장이 보기에는 아니었던 모양이다.

'박 과장, 너! 두고 보자. 나를 이렇게 창피하게 만들어?'

하지만 지금의 상대는 과장이 아니라, 팀장이었다.

"내가 지금 흥분 안 하게 생겼어?"

그를 옆으로 제치고 팀장의 책상 앞으로 가, 인사팀장을 빤히 내려다보았다.

팀장은 그가 오든 말든, 서류만 뒤적이고 있었다.

그게 더 곽 이사를 열 받게 했다.

"이유를 설명해! 허 팀장."

"설계2팀 티오 넘칩니다."

이유를 설명하랬더니, 딱 이유만 설명하고 있다.

대꾸할 가치도 없다는 듯, 얼굴을 들지도 않는다.

'아오! 그걸 누가 모르나? 벽창호야!'

아무리 이사라 해도, 아니, 설령 부사장이라 해도, 인사권에 간섭할 수는 없는 법.

누가 뭐라 해도, 인사권은 사장의 고유 권한이니까.

"그것 말고, 나한테 배정이 안 되는 이유를 설명하라는 말이야!"

그제야 인사팀장은 얼굴을 들었다.

"9월에 3명 끌어간 거 기억나시죠?"

"그래! 그때는 일이 바빠서 어쩔 수 없었잖아."

"그거 원래는 설계3팀으로 갈 티오였습니다."

"그런데 뭐?"

"그때는 설계3팀 양 이사님이 양보해 주셔서 그냥 넘어갔지만."

"그다음에 채워 줬다면서!"

저만 생각하는 곽 이사가 마음에 들지 않는 듯, 팀장이 입술을 비틀었다.

"그때 제가 분명히 말씀드렸습니다."

"뭘?"

"설계2팀은 금년 중순까지는 티오 배정 없다고요."

"아! 이 사람아. 그건 그때 일이고!"

"휴!"

인사팀장이 한숨을 내쉬며 자리에서 일어났다.

"지금도 곽 이사님 팀에 인원 충분합니다."

"충분하고 안 하고는 내가 판단해!"

팀장이 조용히 안경을 벗었다.

"틀렸습니다."

"엥? 틀려? 뭐가!"

"인원이 필요하고 안 하고는 사장님이 판단하시는 겁니다."

"그런데? 사장님께 결재는 올려 봤어? 왜 자네가 중간에 자르고 지라…… 아니, 난리야!"

팀장의 눈가에 주름이 생기려다 사라졌다.

"결재를 올릴지 말지를 결정하는 게 제 일이죠."

사실인데 어쩌랴?

"그래도 올려볼 수는 있잖아. 사람이 왜 이렇게 고지식해?"

그가 올리면 대부분의 경우는 그대로 결재가 떨어진다.

그만큼 사장이 그를 신뢰하고 있다는 반증이기도 했다.

그래서 '인사문제는 팀장 결재만 받으면, 최종 승인된 거나 마찬가지'라는 말까지 돌 정도였으니.

"고지식해서 저한테 맡기신 겁니다."

"내가 사장님께 가서 말씀드려도 되는 걸, 왜 자네한테까지 와서 부탁하는 줄 알아?"

흥분을 가라앉히며 말을 이었다.

"이 사람아. 다 서로서로 좋자고……."

곽 이사의 말에 팀장이 결재판을 들고 자리에서 일어났다.

"그럼 사장님께 함께 가서 말씀드리시죠."

그의 행동에 곽 이사가 뜨끔했다.

"함께?"

인사팀의 일에 끼어들었다는 걸 몸소 증명하라고? 미쳤어?

곽 이사의 태도가 한결 누그러들었다.

"이사님."

"왜 그러오?"

사장을 들이댔으니, 곽 이사의 반응이 퉁명스러울 수밖에. 애들 골목 싸움에 UFC 파이터를 데려온 것과 뭐가 다른가?

팀장은 잠시 고민 중인 듯했다.

곽 이사가 툴툴거렸다.

"말할 거 있으면 하쇼!"

생각을 정리한 듯, 결재판을 펴들었다.

잠시 내용을 훑은 후에 말했다.

"박 과장."

아까 곽 이사의 전화를 받은 직원이었다.
"네. 팀장님!"
"볼펜 가져와!"
그는 서둘러 달려와 공손히 볼펜을 내밀었다.
곽 이사가 당황했다.
'씨! 사인하면 끝인데.'
"허, 허 팀장. 이거 보게."
곽 이사의 말에는 아랑곳하지 않고, 볼펜을 들고 말했다.
"오타야!"
"네?"
문장의 중간에 'ㄴ'을 적어 넣고 결재판을 박 과장에게 건넸다.
"오타라고! '과계'가 뭐야! '과계'가."
"아! '관계', 죄송합니다. 오타가 났습니다."
허 팀장이 주의를 주며 말했다.
"이 상태로 어떻게 결재를 올려?"
"죄송합니다."
머리 숙인 과장에게 허 팀장이 물었다.
"대기발령 결재 건, 오늘 꼭 결재 올려야 하나?"
박 과장이 고개를 들고는 살짝 웃었다.
"아니, 아닙니다. 내일 아침까지 올려도 됩니다."
팀장이 서류를 박 과장에게 내밀었다.

"그럼 내일 아침까지 내 책상에 올려놓도록."
"네. 알겠습니다."
"다시 작성해 와!"
"네. 알겠습니다. 팀장님."
박 과장이 인사하며 돌아섰다.
"이사님. 물의를 일으켜 죄송합니다."
일어서는 그의 얼굴에는 아까의 미안함이 남아 있지 않았다.
"험험. 아닐세. 내가 오히려 흥분해서 미안하이."
허 팀장이 곽 이사를 돌아보며 물었다.
"다시 결재를 올려야 할 것 같습니다."
"그런가?"
곽 이사가 그 의미를 왜 모르랴?

내일 아침까지 어떻게든 사장에게 허락을 얻어내면 되는 것이다.

그러면 월권이 아니면서 원하는 바를 이룰 수 있으리라.

"혹시라도 사장님을 뵙고 대기발령 건에 대해 말씀을 하게 되시면……."
"그러면?"
허 팀장이 눈썹을 으쓱했다.
"혹시라도 변경사항이 있으면 말씀해 주십시오."
곽 이사의 얼굴이 한층 밝아졌다.
허 팀장이 말했다.

"저도 월급쟁이인데, 사장님의 의견과 일치하면 더 좋지 않겠습니까?"

곽 이사가 묘한 표정을 지었다.

알 듯 말 듯, 아리송한 표정.

"음. 내가 그동안 허 팀장에 대해 오해를 한 것 같소."

그가 씨익 웃으며 안경을 주워들었다.

"그런 오해 많이 받습니다. 이제부터 바빠지실 것 같은데, 서두르셔야 하지 않겠습니까?"

'응? 왜?'

그제야 곽 이사의 귀에 주변의 수군거리는 소리가 들렸다.

'아까 그 친구가 그렇게 대단해?'

'글쎄 디자인 최 팀장도 그렇게 사정을 하더니.'

'그러게, 미친개까지 덤벼들 줄은 몰랐는데.'

'미친개가? 왜?'

'아까 전화통으로 지랄하는 거 못 들었냐? 자기 팀으로 보내라고.'

'쳇! 지랄해 봤자지. 어디 우리 팀장님께.'

'설계3팀 양 이사님은 거기 비하면 양반이셔.'

소곤거린다고 주의했지만, 곽 이사의 귀에는 확성기를 튼 듯 잘만 들렸다.

곽 이사가 어색하게 악수를 청했다.

"험험. 바쁜 일이 있는 걸 깜빡했소. 다음에 술 한잔합

시다."

"네. 언제든지 연락 주십시오."

다급한 마음에 악수를 끝내자마자 돌아섰다.

'이것들이 나보다 먼저 움직였다는 말이야?'

생각지도 못했던 일이었다.

어떻게 알았는지 모르지만, 이미 경쟁자들이 움직이고 있었다.

걸음을 서둘렀다.

쾅!

"조용히 자리에 앉아서 일들 봐요. 괜히 소문 흘리지 말고."

허 팀장의 말에 어수선하던 사무실이 순식간에 조용해졌다.

주위를 확인한 팀장이 안경을 쓰고 자리에 앉았다.

그러고는 아무 일도 없었던 것처럼 아까 검토하던 서류를 집어 들었다.

곽 이사는 다급히 비서실 문을 열고 들어갔다.

"사장님 계시나?"

"네. 지금 면담 중이신데요?"

머리를 스쳐 지나가는 사람이 있었다.

'미친개와 양 이사는 전화를 했다고 했으렷다?'

그렇다면 지금 본사에 없다는 말이었다.

대놓고 찾아갈 인간들이지, 답답하게 전화통 붙들고 있을 놈들이 아니거든!

'그럼…….'

"혹시 디자인 최 팀장인가?"

그녀가 눈을 동그랗게 떴다.

더는 대답을 기다릴 필요도 없었다.

"언제 들어간 건가?"

"방금…….."

그렇다면 아직 용건을 말하지도 못했을 것이다.

사장은 그의 말을 듣기 전에 디자인팀의 동향부터 물을 테니까.

디자인 팀장이 개별적으로 사장을 찾는 경우가 그리 흔하던가?

'당연히 무슨 일이 있다고 생각하겠지.'

직접적으로 묻는 것이 아니라, 안부를 묻는 척 두루두루 물어보며 문제를 파악할 것이다.

'내가 거기 한두 번 당했어?'

곽 이사가 다급히 말했다.

"사장님께 연결해 주게."

"하지만……."

"박 팀장하고 같은 용건이야. 괜히 아까운 시간 버리시게 하지 말고, 얼른 의견이나 여쭤 봐!"
 이미 다 알고 왔다는데, 무슨 반박을 할 것인가?
 그녀가 조용히 수화기를 들었다.

 사장실로 들어서니, 디자인 팀장이 일어나 인사를 건넸다.
 "곽 이사님께서 여기는 어쩐 일로……."
 곽 이사의 광대가 씰룩거렸지만, 그의 말에 대답하지 않았다.
 "사장님, 곽 이삽니다."
 "그래. 여기 앉게나. 같은 용건으로 왔다고? 뭐기에 같은 용건이라는 거야?"
 같은 용건이라는 말에 최 팀장이 고개를 번쩍 들었다.
 '설마!'
 그걸 본 곽 이사의 얼굴에 웃음이 번졌다.
 '아직 이야기도 꺼내지 못했다는 거네. 흐흐흐.'
 팀장의 반응으로 확신할 수 있었다.
 저도 모르게 입가에 미소가 번졌다.
 '이건 먼저 집는 놈이 임자거든.'
 사장이 자리를 권하며 물었다.
 "허허. 그래. 무슨 용건이기에 그래? 둘이 의견이 겹칠 때가 있다니. 신기하군."
 최 팀장이 서둘러 말을 꺼냈다.
 "사장님. 그게……."

"최 팀장!"

곽 이사가 인상을 굳히며 말을 잘랐다.

팀장의 얼굴이 똥 씹은 표정으로 변했다.

"내가 자그마치 2년 동안 공들인 사람이야."

"네? 하지만 이사님."

곽 이사가 같잖다는 미소를 지었다.

"사장님께서 결정하실 일이지. 우리가 할 수 있는 문제가 아니야."

둘의 날카로운 신경전을 지켜보던 사장이 말했다.

"흠. 심각한 문제인가?"

비스듬히 둘을 바라보다 말했다.

"곽 이사가 먼저 말해 보게."

그는 최 팀장을 보며, 승자의 미소를 지었다.

"사장님! 간단하게 말씀드리겠습니다."

사장이 턱짓했다.

'뭔데?'

"성훈 군! 저한테 주십시오."

선수를 빼앗긴 최 팀장이 항변했다.

"어! 곽 이사님. 저번에 같이 보셨잖습니까? 그 친구는 디자인 팀에 와야 한단 말입니다."

"왜?"

"그 재능을 그렇게 썩히는 건 죄악이란 말입니다. 우리 팀

수준이 대번 높아질 텐데."

곽 이사가 비릿하게 웃었다.

"혹여나 실적 때문이라면 관두는 게 좋아."

최 팀장이 말없이 묘한 눈빛을 건넸다.

'근거가 뭐냐는 거겠지?'

그럴 수밖에 없지. 그런 괴물을……

"내 확신하고 말하는데……. 그 실적, 절대로 자네 실적 안 돼!"

"그게 무슨 말씀……."

"성훈 군이 들어가면, 자네는 자리 걱정부터 해야 돼!"

"허 참! 이사님도 제가 짬밥이 얼만데……."

어이없다는 웃음으로 곽 이사를 바라보았다.

하지만 곽 이사는 그걸 끝으로 말을 멈췄다.

그저 묵묵히 그의 눈빛을 받을 뿐이었다.

"하하하. 사장님. 이게……."

말이 되는 소리냐고 물으려 했지만, 사장은 그저 눈길을 피할 뿐이었다.

"사, 사장님."

사장이 차를 들어 한 모금 마셨다.

"자네가 하려는 말이 성훈 군 문제였다면……. 접게."

"……."

"녀석이 가고 싶어 하면 몰라도."

"그럼. 곽 이사 말씀이……."

조용히 사장이 고개를 끄덕였다.

"곽 이사 말 틀린 거 하나 없어. 그놈 가면 자네 팀 물갈이 해야 돼."

"그럼 어디가 적당하다고 보십니까?"

흥분한 최 팀장의 말에 곽 이사가 치고 들었다.

"당연히 설계팀, 그중에서도 현장이지! 그림 잘 그리는 건 나도 그때 처음 봐서 말을 못했지만, 성훈 군은 천상 현장 체질이야. 그렇지 않습니까? 사장님."

사장이 천천히 고개를 끄덕였다.

"뭐. 그 말도 틀린 건 아니지만, 굳이 따지면……. 만능이 아닐까?"

곽 이사가 쾌재를 불렀다.

'최 이사, 그 인간은 성훈 님이라면 치를 떨면서 싫어하지! 그럼 남은 곳은……. 흐흐흐.'

곽 이사는 확신했다.

"그러니까 사장님! 성훈 군은 반드시!"

사장의 눈을 직시하며 말했다.

'이 정도 각오는 있어야, 성훈 님을 얻는 거지.'

계속 보좌하면서 회사 내에 입지를 넓혀 가면 되는 거다.

종내에 승리하는 자는 그 누구도 아닌, 나 곽순일이 될 거라는 말이지!

전무가 아니라 부사장이 되는 날도 머지않았다.
짜릿한 황홀감이 등골을 타고 올라왔다.
"그러니까 저희 팀에 주셔야 합니다."
확신의 말에 최 팀장이 고개를 푹 숙였다.
곽 이사는 만면에 웃음을 띤 채, 사장의 다음 말을 기다렸다.
사장이 진중하게 입을 열었다.
"곽 이사."
"네!"
"그런데 말이야."
"네! 말씀하십시오."
말을 아끼며 뜸을 들이던 사장이 말했다.
"이미 늦었네."
곽 이사의 눈이 번뜩 뜨였다.
"그, 그럼 최 이사 그 인간이!"
전혀 생각지도 않은 놈에게 뒤통수를 맞다니!
이빨이 으드득 갈렸다.
'개 쌍노무 자식! 배알도 없나?'
하지만 아직은 기회가 있었다.
사장이 마음을 돌리기만 하면 된다.
"최 이사, 그놈은 안 됩니다. 그 인간이 얼마나 성훈 군을 싫어하는지 잘 아실 것 아닙니까? 그 미친개 같은 놈이 우리 성훈 군을 얼마나 고생시키겠습니까? 이건 말도 안 되는 인사입니다."

속사포처럼 뱉어내는 곽 이사의 말을 최 팀장은 이해할 수 없었다.

'대체 무슨 말씀들을 하시는 거야? 최 이사가 성훈 군을 왜? 도대체 무슨 관계가 있기에?'

이해가 되지는 않지만 끼어들 수는 없었다.

상사들의 대화가 아닌가?

그저 냉가슴 앓듯 끙끙 앓을 뿐이었다.

'대화를 듣다 보면 알 수 있겠지.'

'이거 나, 멋도 모르고 너무 거물을 건드린 것 아니야?'

곽 이사의 말은 아직도 끝나지 않고 있었다.

"서 전무 라인을 아작을 내놨는데, 그 인간들이 가만히 놔두겠습니까? 그러니까 저희 팀에 주셔야 합니다."

곰곰이 듣던 사장이 입을 열었다.

"자네 말도 일리는 있어."

그러고는 말없이 차를 들이켰다.

사장이 입을 연 것은 3분 정도가 지난 후였다.

"음. 어디서부터 이야기를 꺼내야 할지 모르겠군."

조용히 경청하는 부하들을 보며 말을 이었다.

"사실은 자네들이 오기 십 분 전에 성훈 군이 이미 여기를 왔다 갔다네."

"네?"

곽 이사의 머리가 띵해졌다.

'역시! 인사팀장으로 안 될 것 같으니까, 사장님께 단독으로 요청하러 왔던 거군.'

성훈의 행동력에 감탄을 금할 수 없었다.

어차피 최종 인사 결정권자는 사장이니까.

허나!

설계2팀으로 오기로 했다면, '늦었다'라는 말이 나올 이유가 없었다.

'이거 상황이 이상하게 돌아가는데? 혹시 양 이사가 고새?'

최 이사 쪽으로는 머리에 총 맞지 않은 이상 가지를 않았을 테니까.

"그럼 어느 쪽으로 간다고······."

좋지 않은 예감에 곽 이사는 말끝을 흐렸다.

사장이 아까 일을 떠올리는지, 피식 웃었다.

곽 이사도 사장과 눈을 맞추며 피식 웃었다.

'사장님! 제가 웃는 게 웃는 게 아닙니다.'

남은 속이 바짝바짝 타들어 가는데······. 젠장!

사장도 그가 기다리는 것을 눈치챘다.

"아! 곽 이사. 미안허이."

"아닙니다. 사장님."

가능한 한 최고의 미소를 지으며, 눈으로 사장을 재촉했다.

"성훈이, 그 친구, 진짜 맹랑하더라고."

"그게 무슨 말씀이신지?"

"자기 팀을 하나 만들어 달라고 하더군."

"네? 자기 팀을요?"

곽 이사가 눈을 번쩍 떴다.

최 팀장은 어이없는 표정으로 물었다.

"허! 여기가 애들 놀이터라고 착각하는 거 아닙니까? 아무리 천재라도 그건 좀 과한 요구라 생각됩니다."

곽 이사가 다급하게 물었다.

"그래서 뭐라고 하셨는지?"

"당연히 안 된다고 했지."

곽 이사가 속으로 안도의 한숨을 뱉었다.

'휴.'

성훈이 다른 팀에 간다고 해도, 할 말은 없었다.

기회를 줬는데, 잡지 못한 것은 곽 이사 자신이었으니까.

그사이 어떤 마음의 변화가 있었는지 몰라도, 확실한 건 자신의 팀을 꾸리려고 한다는 거였다.

'확실한 건. 그렇게 되면 옆에서 단물 빨기는 다 틀렸다는 거지.'

사장이 최 팀장을 보며 말을 이었다.

"여기는 자네 말처럼 애들 놀이터가 아니잖아."

"지당한 말씀이십니다."

최 팀장이 고개를 끄덕였다.

한편, 곽 이사는 어리둥절해졌다.

'이상하잖아. 성훈 님이 안 된다고 해서 그냥 곱게 물러날 분이 아닌데.'

그의 궁금증을 최 팀장이 대신 풀어주었다.

"실망이 컸겠군요? 아직 사회생활을 많이 해보지 않아서 그런 걸 겁니다. 이해하고 넘어가시지요."

도를 넘어서는 행동은 싫었지만, 그래도 최 팀장은 성훈을 감싸주고 싶은 모양이었다.

곽 이사는 팀장을 옆 눈으로 흘기며 코웃음 쳤다.

'이 친구가, 성훈 님을 전혀 모르네. 가란다고 네 하고 갈 사람 같았으면…….'

내가 이렇게 목을 매지도 않는다고.

사장이 고개를 저으며 대답했다.

"아니!"

'역시나!'

곽 이사는 그의 다음 말에 귀를 기울였다.

"안 된다고 하니, 녀석이 제안을 하나 하더라고."

궁금해진 둘이 사장의 입만 바라보고 있었다.

무슨 말이 나올지 기대하는 표정.

"사우디아라비아에 갔다 오겠다고 하더군."

모두 어이없는 표정을 지었다.

아무리 뭘 모르는 신입이라고 해도, 상관의 명령도 없이 어디를 간다는 말인가?

"하하하."

그런 일은 상상해 본 적도 없는 최 팀장이 허탈한 웃음을 지었고, 곽 이사의 얼굴은 돌처럼 굳었다.

"어차피 대기발령 아니냐고. 할 일도 없는데, 회사에는 뭐 하러 있냐고. 허 참!"

"……."

"그러니까 마땅히 할 말이 없더라고. 허허허."

사장이 너털웃음을 지었다.

하지만 곽 이사는 진지했다.

'그거랑 팀이랑 무슨 상관이 있기에.'

"그래서 성훈 군이 어떤 제안을……."

사장이 말했다.

"가서 일 하나 따올 테니, 팀 만들어 줄 수 있겠냐고 묻더군."

곽 이사는 목이 바짝바짝 마르는 것 같았다.

'어이쿠! 벌써 구체적인 방법까지 생각하고 있었단 말이야? 이러다가 완전 찬밥 되겠는데?'

그동안 얼마나 공을 들였던가?

한 번의 사소한 실수로 한직으로 밀려날 생각을 하니, 가슴이 쓰라려 왔다.

'옆에 붙어만 있어도 부사장 자리까지는 무조건 올라가는데.'

마른입을 축이며, 사장에게 물었다.

"그, 그래서 뭐라고 하셨습니까?"

"영업이 얼마나 어려운지 말해 줬지."

"어떤……?"

"자네가 작년에 따온 알리의 호텔, 그거 딴다고 5년 동안 공을 들였잖아."

곽 이사의 이마에 식은땀이 흘렀다.

성훈을 설계에 끼우기로 하고, 알리에게 계약을 따냈던 건이었다.

그때의 일을 생각하자, 저도 모르게 등줄기가 서늘해졌.

최 팀장도 거들었다.

"아! 작년에 이슈였던 그 건, 말씀이시죠?"

사장이 고개를 끄덕이며 호응했다.

"응. 곽 이사, 아니, 우리 현재 내에서 단일 실적으로는 역대 최고였지, 아마? 덕분에 자네를 전무를 승진시켜 줄 명분도 생겼고 말이야."

곽 이사가 조심스레 물었다.

"그러니까 성훈 군이 뭐라고 했습니까?"

"힘든 건 알지만, 해보겠다고 하더군."

"아. 네……."

"어떻게든 만들어 올 테니, 그에 맞는 팀을 짜달라고 하더라고."

곽 이사가 조심스레 물었다.

"그래서 뭐라고 하셨습니까?"

"좋잖아. 패기도 있고! 하지만 그렇게 쉽겠어? 실패도 하면서 인생 배우는 거지."

"그럼 혹시……."

"그래. 해보라고 했어."

최 팀장이 놀라서 목소리를 높였다.

"네?"

곽 이사는 다른 의미로 놀랐다.

"진정이십니까?"

사장이 고개를 끄덕였다.

"그럼. 성훈이, 그 친구는 내가 계속 데리고 쓸 사람이야. 실패의 경험도 나쁘지 않다고 봐!"

"혹시……. 만에 하나라도 일을 따오면 어쩌시려고."

곽 이사의 말에 사장이 피식 웃었다.

"기껏해야 일이십억짜리 따오겠지."

"아니……. 그게 아니라."

사장은 곽 이사의 염려를 귀 등으로 흘렸다.

"그걸로 현장 경험이라도 하라고 내버려 두지. 뭐. 그걸로 우리 회사에 정붙여도 좋고."

되면 좋고, 그만 안 된다고 해도, 좋은 경험이 될 거라는 생각을 하는 사장이었다.

그래서 곽 이사는 더욱 조심스러워졌다.

"만약에 말입니다. 수백억짜리를 따오면 어떡하실 겁니까? 그때도 팀을……."

사장이 빙긋 웃으며 말했다.

"곽 이사. 자네는 성훈 군을 너무 과대평가하는 경향이 있어. 그 친구 능력은 알지만, 그건 현장과 그림에 관해서야. 영업은 다르지. 암!"

"그래도 만약……."

같은 물음의 반복에 짜증이 났을까?

가만히 생각하던 사장이 인상을 굳혔다.

"어쩌긴 뭘 어째! 약속인데 만들어 줘야지."

"아, 네……."

이내 굳은 인상으로 으르렁거렸다.

"그리고 나서! 영업이사들부터 몽땅 잘라버려야지. 그런 애도 따오는 일을 못 하는 무능한 것들이! 내가 왜 월급 주고 일 시켜!"

사장의 호통에 곽 이사의 안색이 파랗게 질렸다.

"곽 이사, 자네 생각은 어때?"

"네. 네. 지당하신 말씀이십니다."

하지만 그의 대답에는 힘이 없었다.

최 팀장이 분위기를 살리려 웃으며 말했다.

"하하하. 걱정하지 마십시오. 곽 이사님. 그런 말도 안 되는 일이 있겠습니까?"

사장도 호쾌하게 웃었다.
"그렇지? 따온다는 것, 자체가 말이 안 되는데."
침울해하는 곽 이사를 보며 말을 이었다.
"농담이야. 곽 이사. 그럴 일 없어. 안 그래?"
"네. 있을 수 없는 일이지요. 하! 하! 하!"
곽 이사가 영혼 없는 웃음을 토했다.
웃음소리가 커질수록, 그의 어깨는 움츠러들었다.
사장이 말했다.
"그렇게 하기로 했으니까, 그렇게들 알고 나가 봐!"
최 팀장은 인사를 하고 일어섰지만, 곽 이사는 할 말이 있는 듯 머뭇거렸다.
"뭔가? 아직도 자네 팀에 달라고 떼를 쓰고 싶은 건가?"
한번 말한 것은 웬만해서는 번복하지 않는 사장이었다.
"아닙니다."
"그럼 뭔가?"
곽 이사가 다시 자리로 앉으며, 조심스레 물었다.
"혹시 성훈 군이 그냥 갔습니까?"
뜬금없는 그의 물음에 사장이 눈매를 좁혔다.
"뭔 뚱딴지같은 소리야?"
곽 이사는 사장의 눈치를 살피면서도, 이것만은 확인하고 싶었다.
"혹시 성훈 군이 조건 같은 걸 걸지 않았는지 여쭤 보는 겁니다."

사장이 순간적으로 미간을 좁혔다.

'이것까지는 예상하고 있을 줄이야!' 하는 눈치!

'역시! 내 예측이 맞았군.'

척하면 척이지, 그냥 간다는 게 오히려 말이 안 되지?

사장은 그를 묘한 표정으로 바라보다가 입매를 비틀었다.

"역시 곽 이사! 자네는 성훈이를 잘 아는군."

곽 이사는 속내를 감추며, 멋쩍은 웃음을 지었다.

"알아온 세월이 있지 않습니까?"

그들 외에는 아무도 들을 사람은 없었지만, 사장은 크게 헛기침을 했다.

"험험! 여기서부터는 들어도 못 들은 거야."

'무슨 말을 하려고?'

지금부터 성훈과 사장, 그 둘만의 대화가 나올 터!

곽 이사는 귀를 쫑긋 세웠다.

'그럼 그렇지. 성훈 님이 어떤 분이신데, 회사 좋은 일만 시키겠어?'

그가 아는 성훈은 절대로 손해를 보지 않는 인물이었다.

사장이 나직하게 말했다.

"간단하게 말하지."

"네. 말씀하십시오."

"일을 따오게 되면, 그 총수익의 15%를 달라고 하더군."

"네? 15%를 말입니까? 순수익도 아니고?"

곽 이사는 억! 소리가 날 정도로 놀랐지만, 성훈을 떠올리자 이내 이해할 수 있었다.

'그 정도는 질렀겠지. 배포가 보통이 아니니까.'

좀 전의 상황이 떠오르는지, 사장이 피식 웃었다.

"어떻게 그렇게 되느냐고 물으니, 오히려 이렇게 반문하더라고."

곽 이사와 달리, 최 팀장은 머릿속이 혼란스러웠다.

'그게 일개 개인이 할 수 있는 말이야?'

마른 침을 삼키며, 사장의 다음 말을 기다렸다.

"자기가 회사만 차리지 않았다 뿐이지, 시행사나 다를 게 뭐 있냐고 말이야."

말은 바른 말이다.

일을 따내고 분양까지의 과정을 총괄하는 것이 시행사라면, 공사를 담당하는 것이 시공사이다.

그 과정에서 시행사는 입찰 과정을 통해, 시공사를 선정하게 된다.

사장이라고 할 말이 없었으랴!

"내가 물었지. 시행사가 얼마나 하는 일이 많은데, 그걸 다 하려고 하느냐고."

둘이서 얼마나 줄다리기를 했을까?

"그러니까 녀석이 피식 웃더라고. '그러니까 입찰 과정 없이 바로 현재로 넘기는 거 아닙니까?' 경쟁자가 없으니까, 현재는 더 좋은 단가를 받을 수 있지 않겠냐고 하더구만."

"끙!"

곽 이사가 저도 모르게 신음성을 뱉었다.

'대놓고 브로커 비를 달라고 했군!'

일한 만큼 대가를 받아내는 성훈이었으니, 예측하기 어렵지 않았다.

다만 그것이 사내에 소문이 퍼졌을 때는 그 여파가 만만치 않으리라.

그러니 사장도 말을 아끼는 것일 테고 말이다.

"어디서 주워들은 건 많더라고. 어린 녀석이."

"그래서 해준다고 하셨습니까?"

"내가 미쳤어?"

"아!"

"녀석의 속내가 뻔한데! 일 따오고 나서는 무슨 핑계를 대든, 분양까지 우리 회사에 떠넘길 게 훤히 보이는데!"

곽 이사가 고개를 끄덕였다.

"네. 분명히 그럴 겁니다."

할 수 없어서가 아니라, 하기 싫어서 넘기는 것일 터!

가만히 듣던 팀장이 감탄사를 토하며 말했다.

"김성훈, 이 친구! 대단하네요. 공사 단가가 십억이면, 일억오천인데……."

사장이 고개를 끄덕였다.

"응. 그걸 앉은 자리에서 먹겠다는 거지."

하지만 곽 이사는 생각이 달랐다.

'이 친구야. 왜 10억이라고 생각을 해?'

하지만 현실적으로 그 금액대 이상을 예상하기는 쉽지 않을 터!

하지만 어떻게든 결론이 났으니, 성훈이 사우디로 갔을 것이다.

곽 이사가 물었다.

"그래서 어떻게 결론이 나신 겁니까?"

"아무리 시행사라고 해도, 우리가 다 주도를 하게 되는데 15%는 터무니없는 금액이지."

"네. 맞습니다."

"그래서 5%를 하자고 하니까, 그건 자기가 너무 남는 게 없다고 하기 싫다고 하더군."

최 팀장은 이해하기 어렵다는 눈치였다.

"이사님. 그래도 오천이면 큰돈이지 않습니까?"

그 말에 사장이 답했다.

"왔다 갔다 비행기 값이며, 경비만 천만 원이 넘는데, 노력 대비 남는 게 없다고 하더군."

둘이 고개를 끄덕였다.

"하긴 그렇기는 하군요. 그래도 큰돈인데……."

"그래서 타협안을 짰지."

둘의 시선이 동시에 사장에게로 향했다.

"10%로 결정 봤어."

최 팀장이 탄성을 내질렀다.

"캬! 이거 한 건만 잘하면, 부장 월급은 뛰어넘겠는데요. 하하하."

사장이 기분 좋게 웃었다.

"그러게 말이야! 젊은이가 그 정도 패기는 있어야 하지 않겠나?"

곽 이사가 답답한 한숨을 속으로 삼켰다.

'그러니까 사장님! 왜 그게 꼭 십억이라 단정하시냐는 말입니다!'

사장과 팀장은 딱 그 나이 또래의 청년이 할 수 있는 일만 생각하고 있었다.

'햐! 이게 어떻게 스물여섯이냐고!'

나름 약삭빠르게 삶을 살아왔다고 생각했다.

그 덕분에 이사의 자리에, 이제 곧 전무를 앞두고 있었다.

그런 그도 이 나이에는 이런 생각을 하지 못했다.

충분히 성공가도를 달려왔음에도 말이다.

그저 일에 치여 필사적으로 살았을 뿐이다.

'그런데 이건! 레벨이 다르잖아.'

자기 팀에 들였으면, 두고두고 꿀을 빠는 건데, 아쉬움을 달랠 방법이 없었다.

'하지만 기회는 또 오는 법! 다음에 잘 해야지.'

최 팀장이 물었다.

"정말…… 주실 생각이십니까?"

그의 물음에 사장이 고개를 끄덕였다.

"그럼! 줘야지. 취직 선물이라고 생각하기로 했어! 끽해야 일이십억짜리겠지만, 그것만 해도 어디야?"

최 팀장이 사장의 말에 호응했다.

"네. 그렇겠지요. 그래도 패기가 대단합니다."

"그래. 나도 그 점을 높이 사고 있다네."

곽 이사가 조심스레 물었다.

"만약에 백억짜리를 따오면 어떻게 하실……."

사장은 큰 기대를 하지는 않는 모양이었다.

"어허! 곽 이사, 자네까지 왜 이래? 사우디에 아는 사람이 좀 있나 본데, 영업이 인맥만으로 되는 일이 아니잖아."

"그렇기는 합니다만."

그는 하고 싶은 말을 속으로 삼켰다.

사장이 문득 생각난 듯, 곽 이사에게 물었다.

"참! 자네 생각은 어때? 성훈 군이 사우디에 그렇게 인맥이 많아? 성훈 군이랑 친분이 있잖아."

곽 이사가 조심스럽게 고개를 저었다.

"인맥이 그리 많지는 않습니다."

"그래? 그런데 무슨 배짱으로 그런 말을 했지? 근거 없이 빈말하는 친구는 아니었는데."

사장이 의문을 제기했지만, 곽 이사는 아무 말도 할 수 없었다.

'많지는 않은데……. 그 하나가 어지간한 인맥 백 명보다 훠얼씬 낫다는 게 문제지요.'

알리 왕자가 성훈이라면 껌뻑 죽는다는 것을 아는 사람은 극히 드물었다.

'그 사람이 얼마나 용의주도한 사람인데.'

또한 그런 고급 정보는 그건 아는 사람이 적을 때, 위력을 발휘하는 것이었다.

'그래서 황 전무한테도 말하지 않았던 거라고.'

불여우 황 전무는 성훈의 정체를 알면, 자신부터 밀어내고 성훈의 옆자리를 차지할 사람이었다.

곽 이사가 미간을 찌푸렸다.

'사장님 말씀처럼 일이십억 때문에 움직일 분이 아니시라고!'

곽 이사는 확신할 수 있었다.

'알리 왕자가 일이십 억짜리 사업을 하는 사람이 아니잖아.'

하다못해, 그의 호텔 한 개 층의 인테리어 공사만 따와도 십억이 넘을 터!

'어떻게든 성훈 님의 신뢰를 회복하는 게 급선무야!'

입술을 깨물며 각오를 다졌다.

'성훈 님께서 돌아오시면, 회사에 지각변동이 생길걸.'
그때를 대비해야 했다.
이번 일이 어떤 파장을 불러올지 몰라도, 마무리되었을 때의 성훈은 지금과는 전혀 다른 위상을 가질 것이다.
'어중이떠중이가 다 들러붙지 못하도록 대비를 단단히 해야겠어.'

중동에 가기 위해 공항에 도착했다.
편의점을 지나가는데, 눈에 익은 모형 사진이 눈길을 잡아끌었다.

〈한국의 전통 건축, 쿠웨이트를 장악하다!〉

가판대에 있는 신문을 집어 들었다.
'역시 압둘! 행동력 하나는 끝내주는군.'
어쩐지 서두른다 했더니, 벌써 그의 호텔 로비에 전시를 마친 모양이었다.
그 자극적인 제목 아래로 쿠웨이트의 6성 호텔 '로얄 쿠웨이트'의 투숙 예약객이 어제에 비해 3배나 늘었다는 기사가 달려 있었다.

성훈이 신문을 보며, 피식 웃음 지었다.

'압둘이 대대적으로 광고를 때렸나 보군.'

아니나 다를까?

외국 신문들도 그 기사로 첫 번째 면을 장식하고 있었다.

돈을 뿌리지 않고서야, 이토록 여러 신문들에서 한결같이 동일한 내용을 담을 수 있을까?

'역시! 압둘을 선택한 것이 옳은 판단이었어.'

성훈은 그의 발 빠른 대처에 혀를 내둘렀다.

한편, 모형을 구매하지 못해 아쉬워하던 알리의 얼굴이 떠올랐다.

'지금쯤 잔뜩 골이 나 있겠군.'

압둘이 내 작품을 이런 식으로 써먹을 줄, 알리가 상상이나 했을까?

성훈이 매표소로 걸음을 옮기며 중얼거렸다.

"내 작품으로 이런 성과를 거둔다는 건 상당히 고무적인 결과지만, 둘 사이의 균형이 무너질 수도 있겠는데?"

둘이서 앞서거니 뒤서거니 하면서 경쟁을 해야 하는데, 지금은 압둘 쪽으로 저울추가 많이 기울어진 상황이었다.

"둘이 비슷해야 한다고. 이래서는 안 되지."

지금은 균형이 필요한 시간이었다.

알리에게 전화를 걸었다.

"알리. 잘 도착하셨어요?"

―그래. 신경 써 줘서 고마우이. 덕분에 잘 도착했다네.

몇 가지 형식적인 안부 말이 오가던 중 알리가 물었다.

―궁금한 점이 하나 있네. 성훈.

"말씀하세요. 알리."

―원래는 자네의 결정을 듣자마자 물었어야 했지만, 자존심이 상해서 하지 못했던 말이네.

그는 잠시 망설이다 힘겹게 말을 이었다.

―왜 압둘을 선택한 건가? 내가 백만 달러나 더 제시했음에도 말이야.

흥분을 잘하는 그답지 않게, 차분한 물음이었다.

"저는 제 작품이 더 많은 사람의 눈에 띄기를 원했습니다. 돈은 그다음 문제죠."

그 당시, 알리는 사우디 왕립 도서관에 보관하겠다 했고, 압둘은 자기 소유의 호텔 중앙 로비에 전시해 둘 거라는 말을 했었다.

―음. 그랬다면 압둘이 선택되는 것이 당연한 거였군. 내가 자네에게 뭔가 섭섭하게 한 게 있는지 오해를 하고 있었다네.

"그런 거 아닙니다."

―그런가? 그럼 되었어. 자네 생각을 먼저 읽었어야 했는데……. 돈으로 밀어붙이려고 했던 내 실책이었군.

"갑작스러운 제안이라서, 충분히 제 의도를 전하지 못한

제 잘못도 큽니다.

-아닐세. 이미 지나간 바람 붙잡아서 뭐하겠나? 다만 부탁 하나만 하고 싶네.

"말씀하세요."

-다음에 또 이런 경우가 생긴다면…….

그의 말에는 자금력으로 앞섰음에도, 바라던 일을 성사시키지 못한 아쉬운 마음이 묻어 있었다.

무슨 말을 하려는지도 알 것 같았다.

하지만 자존심 강한 그로서는 하기 어려운 말.

그 말이 끝나기 전에, 성훈이 말했다.

"제가 생각이 짧아 알리에게 심려를 끼쳤습니다. 사과라고 하기는 뭐 하지만, 다음 일은 먼저 제안을 하겠습니다."

-하! 그래 주겠나? 고마우이.

알리가 안도의 한숨을 내쉬었다.

"마침 생각난 게 하나 있는데."

-그래? 뭔가?

알리의 목소리가 한층 가깝게 느껴졌다.

성훈이 말했다.

"자세한 건 이따 만나서 얘기하시죠?"

-응? 이따 만나자니 무슨 말이야?

무슨 뜬금없는 소리냐는 듯 알리가 물었다.

"취직을 하게 됐거든요."

―취직? 그거랑 약속이 무슨 상관이 있다고?

"지금이 아니면 아크람과의 약속을 지키기 어려울 것 같습니다. 한국에서는 취직을 하면 개인적인 사정으로 짬을 내기가 쉽지 않거든요."

―아, 아니. 잠깐! 그럼 지금 온다는 말이야?

미처 예상하지 못한 모습이었다.

"네. 집사님도 만날 겸, 일 이야기도 할 겸요."

―음…….

"곤란한가요?"

―그런 건 아니지만. 의전도 준비해야 하고…….

"음……. 그럼 쿠웨이트를 먼저 들르죠."

알리가 화들짝 놀라며 물었다.

―그 녀석은 또 왜?

"나중에 알리와 똑같은 원망을 듣기 싫거든요."

―나한테 먼저 제안한다 하지 않았던가?

"네! 맞습니다. 동시에 제안한다 하더라도, 왕자님께 우선권을 드릴 생각이었습니다. 방금 거부하시기 전까지는."

―어허이! 이 사람. 성격 급하기는! 누가 거부한다고 했나? 당장 오게나! 열렬히 환영한다네.

"흠. 그럼 압둘은 다음 코스로 잡아야겠군요."

―쿵! 쿠웨이트를 가겠다고?

알리의 콧김 뿜는 소리가 들렸다.

"네. 그의 의견도 들어봐야 할 테니까요."

-그 의견 내가 물어봐 주지.

"그래도 일국의 왕자인데, 제가 직접……."

-일단 이쪽에 먼저 오라고. 나머지는 그 뒤에 생각하도록 하고.

내 목적은 알리에게서 일을 따는 것이었다.

그런데 왜 알리에게 부탁하지 않느냐고?

내가 왜?

도움을 청하는 순간, 내가 부탁하는 모양새가 된다고!

대상에 따라 반응은 바뀌는 법.

부탁하는 이에게 같이 부탁하는 사람이 있을까?

선택권은 부탁받는 사람에게 있을 수밖에 없지.

하지만 난 그럴 생각도, 이유도 없었다.

잠시지만 이런 생각을 한 적이 있었다.

'두 왕자의 호의를 내 필요에 따라 경쟁시키고 마음대로 이용하는 건, 너무 얍삽한 거 아니야?'라고.

실제로도 나는 그 둘을 같은 저울에 놓고 경쟁시켰다.

지난 삶의 나라면 상상조차 할 수 없는 일들을 했었지.

하지만 이렇게 생각할 수도 있지 않을까?

'내가 아무 능력이 없었더라도, 그 둘이 나를 좋아했을까?'라고.

알리와 압둘은 자선사업가도 아니고, 마냥 좋은 사람들도 아니다.

오히려 냉혹한 자본가에 가깝다.

'상대가 누구든 무슨 상관이야?'

그들이 돈을 투자하는 만큼, 그들에게 돈이 아깝다는 생각이 들지 않을 정도의 작품을 만들어주면 된다.

그들은 좋은 작품을 받아서 좋고, 나는 인정받아서 좋고!

구구절절 설명들이 왜 필요한가?

지금의 내 경우에는 더욱 그러했다.

'나 말고는 할 수 있는 사람이 없는데, 왜 내가 아쉬운 소리 하며 일을 받아야 하느냐고!'

"오랜만에 푹 자겠네."

비록 좁은 자리이기는 하지만, 한숨 자기에는 충분했다.

'두 번째 사우디행, 이번에도 좋은 일로 가득하기를.'

눈가리개를 하고 좌석에 등을 기댔다.

하지만 수면에 대한 기대는 5분도 지나지 않아 깨어지고 말았다.

"성훈 님?"

누군가의 부름으로 안대를 벗었을 때, 정장 차림의 두 아랍인이 서 있었다.

여러 번 깨웠었는지, 스튜어디스의 난처한 표정이 눈에 들어왔다.

눈을 비비며 물었다.

"무슨 일이신지?"

그제야 중년의 아랍인이 고개를 숙이며 인사했다.

'내게 인사를?'

경계의 눈으로 그들을 쳐다보자, 그가 미소를 지으며 설명했다.

"사우디아라비아 대사관 소속, 알라위입니다."

"그런데요?"

막 선잠에서 깬 터라, 목소리가 거칠었다.

그가 긴장한 목소리로 말했다.

"불편을 끼쳐 드려 죄송합니다."

기분이 나쁜 건 아니었는데, 목소리 때문에 그렇게 보였던 것 같다.

"흠흠. 그런 거 아닙니다. 목이 깔깔해서……. 죄송합니다."

중년인이 눈짓했고, 스튜어디스가 급하게 탕비실로 달려갔다.

그는 아무 말도 없이 공손한 자세로 기다리고 있었다.

아마도 목이 풀릴 때까지 기다리려는 거겠지.

"어떤 용건이신지 모르지만, 그렇게 불편해하지 않으셔도 됩니다."

"아닙니다. 저는 이게 편합니다."

'제가 불편해서 그러는 거죠.'

내가 권력자도 아니고, 이들이 내 앞에서 이러는 것도 불편했다.

짐작이 되는 건, '알리가 무슨 지시를 내렸나?' 하는 정도뿐이었다.

가져온 물을 마시고 목을 풀었다.

"네. 그런데 어떤 용건이신지?"

안정된 목소리가 들리자, 그도 표정을 풀었다.

"긴 여행이 될 겁니다."

"……."

"미리 연락을 주셨더라면 준비를 했을 텐데……."

"알리 왕자님께서 부탁하신 건가요?"

"흠흠. 그런 건 아닙니다."

하지만 말과는 다른, 긴장된 태도로 보아 100% 확실했다.

하지만 왕자로서의 체면도 있으니 모른 척하기로 했다.

잘 대접하려는 거지, 해를 끼치려는 건 아니질 않은가?

"네. 편하게 말씀하세요."

"괜찮으시다면, 다른 자리에 가셔서 편하게 가셨으면 합니다."

스튜어디스를 슬쩍 바라봤다.

'나 때문에 다른 사람이 피해를 보는 건 싫거든.'

그녀가 편안한 미소를 지었다.

"저희 사우디항공은 항상 귀빈을 위해 자리를 남겨두는 관례가 있습니다."

그 말에 그가 고개를 끄덕였다.

"네. 맞습니다. 저희는 그 자리를 '로열시트'라고 부릅니다. 다른 승객에게 피해가 가는 일은 맹세코 없을 겁니다."

"제가 이 자리를 고수하면, 알라위 씨께서 곤란하시겠군요."

그가 말없이 머쓱하게 웃었다.

알면서 뭘 묻느냐고 말이다.

"가시죠."

안대를 접어 비치대에 넣으며 일어섰다.

그가 말했다.

"감사합니다. 이해해 주셔서."

그의 안내에 따라 위층으로 올라갔다.

그곳에는 일반석과는 다르게 차려입은 스튜어디스가 내가 올라오는 것을 기다리고 있었다.

아랍 전통 복장을 간소화한 투피스 정장에 세련된 미모의 스튜어디스였다.

'훗! 공기가 다르다고 해야 하나?'

과연 비즈니스석다웠다.

편하게 발을 펼 수 있는 스툴이 있고, 좌석마다 모니터가 마련되어 있었다.

그녀에게 물었다.

"어디로 가면 되는 거죠?"

뒤따라 올라오던 알라위가 말했다.

"거기가 아닙니다. 성훈 님! 안내해 주세요."

그녀가 얌전한 얼굴로 인사하며 말했다.

"이쪽으로."

'응? 막혔는데?'

살짝 당황해서 눈썹을 씰룩이자, 그녀가 벽의 버튼을 눌렀다.

문이 소리 없이 열렸다.

그리고 그 문 양옆에 서 있던 두 미녀가 양손을 앞으로 모은 채, 고개 숙이며 내게 인사했다.

화려한 문양의 전통 복장에 깊은 눈매를 가진 여인들이었다.

'어! 이건 뭐지?'

멈칫하는 내게 알라위가 말했다.

"여기가 로열시트입니다. 들어가시지요. 성훈 님."

"알라위. 당신은?"

너희들은 들어가지 않느냐는 말이었지만, 그는 고개를 저었다.

"저희는 여기서 대기하고 있겠습니다."

그는 바로 뒤편의 일등석을 가리켰다.

'이거야, 원!'

그가 두 승무원에게 눈짓했다.

"불편함이 없도록 모셔주십시오."

살짝 당황이 되는 것은 어쩔 수가 없었다.

살다 살다 이런 환대는 처음이었으니까.

'이게 어떻게 로열시트냐고? 룸이지!'

로열시트라기에 일등석 중에서 좋은 자리일 거라고 생각은 했었다.

익숙지 않은 분위기에 잠깐 난감했지만, 그 사이 알라위는 내 등을 떠밀었다.

"만에 하나라도 그럴 일은 없겠지만, 불편함이 있으시면 저를 불러 주십시오."

'휴!'

안으로 들어서자 들어온 벽을 제외한 3면의 창에서 밝은 빛이 들어오고 있었다.

그리고 또 하나 눈에 들어오는 것!

"'아디바'라고 합니다. 왕가 문장의 디자이너를 뵙게 되어 영광입니다."

"'나이나'라고 합니다. 저 또한 영광입니다."

둘 다 유창한 한국어로 말하고 있었다.

"이거 생각했던 것보다 느낌이 다른데요?"

내부의 천정과 허리 몰딩이 나의 디자인으로 둘러져 있었다.

약간 변형된 부분도 있었지만, 그 느낌을 그대로 살리고 있었다.

"로열시트니까요. 원래를 우리 왕족들만을 위한 공간이지요. 왕족을 제외하고는 성훈 님께서 첫 번째 사용자이십니다."

미묘한 기분이 들었다.

내 작품에 둘러싸여 있는 기분이랄까?

소파로 안내하며 나이나가 말했다.

"다른 사람이라면 좀 꺼렸겠지만, 성훈 님이라면 저희도 자격이 있다고 생각합니다."

그녀가 안내하는 동안, 아디바는 바에서 얼음과 위스키를 꺼내고 있었다.

"한국어를 잘하시네요?"

나이나가 쿠션을 내 등에 받쳐주며 말했다.

"저희 둘 다 8개 국어는 한답니다."

"대단하군요. 정말."

화장 때문에 나이를 정확히 가늠할 수 없지만, 목소리로 보아 많지 않은 나이임이 분명했다.

'나랑 비슷한 나이인데, 이 정도라고.'

일반석 스튜어디스들도 용모와 학력을 따지는데, 차원이 다른 이곳은 두말해 무엇하랴!

내 놀란 눈을 보며 그녀가 말을 이었다.

"한국어는 취미로 익힌 거예요. 재미있는 나라니까요. 개인적으로 팬이기도 하구요. 그렇죠. 언니?"

아디바가 과일 쟁반을 내려놓으며 부드럽게 웃었다.

"그리고 알리 왕자님께서 입이 닳도록 칭찬하시는 성훈 님의 나라이기도 하구요."

둘 다 호기심 가득한 눈으로 나를 바라보고 있었다.

'지루한 여행이 되지는 않겠군.'

재기발랄하며 지적인 그녀들을 보며, 그런 확신이 들었다.

바닥에서 전해지던 진동이 그녀들과 이야기하는 사이에 사라졌다.

성훈과의 통화를 끊고 알리는 입술을 씰룩거렸다.

"또 압둘 녀석과 먼저 만나게 할 수는 없지!"

어제 아침에 전화를 받고 얼마나 약 올랐던가?

물론!

압둘의 전화였다.

-알리, 오늘 아침 신문 봤나?

"무슨 신문? 쿠웨이트 유전에 불이라도 났나?"

심드렁하게 대꾸하는 알리에게, 압둘은 부드러운 목소리로 말했다.

―흐흐흐. 객쩍은 친구? 그렇게 속이 좁아서야!

"이익! 여우 같은 압둘. 분명히 내가 베팅은 많이 했다고!"

―쯧쯧. 그래서 내가 자네를 둔하다고 하는 거야.

알리의 콧잔등이 꿈틀거렸다.

"무슨 헛소리야!"

―성훈이 돈이 필요하다고 생각해? 쯧쯧.

압둘의 고개 젓는 모습이 떠올랐다.

"그럼……."

―돈 이외의 것으로 베팅했어야지.

알리가 으르렁거렸다.

"이미 끝난 일로 놀리려고 전화한 건가?"

―설마. 내가 그렇게 한가한 사람으로 보이나?

씩씩대는 알리에게 압둘이 빙글거리며 말했다.

―신문이나 보고 살아! 특히 일 면 기사가 뭔지 정도는 알아야지. 에잉!

"듣기 싫어! 끊어!"

알리가 서재 밖으로 소리쳤다.

"오늘 자 신문들 다 가지고 와! 뉴욕타임스건 뭐건 몽땅 말이야!"

잠시 후 가져온 신문 일 면에는 압둘의 호텔에 대한 기사가 실려 있었다.

〈세기의 명감독 스티브가 극찬한, 코리아의 전통 건축! '로열 쿠웨이트'를 장식하다.〉

이름 좀 있다 하는 신문에는 모두!
눈에 쌍심지가 켜졌다.
"이게 기사냐? 광고지!"
비서가 말했다.
"기사를 가장한 광고로군요. 압둘 왕자님께서 돈을 좀 쓰신 모양입니다."
촌스러운 압둘의 얼굴이 떡 나와 있고, 성훈의 작품들이 순서대로 나열되어 있었다.
"쯧쯧. 용쓴다. 용써! 졸부 아니랄까 봐, 돈 지랄을 했구만!"
알리는 그렇게 비웃었지만, 그 웃음은 그날 저녁을 넘기지 못했다.
해가 저물 무렵, 그의 저택으로 '리야드 호텔' 지배인이 방문했다.
"무슨 일인가?"
"알고 계셔야 할 것 같아서 말입니다."
"응?"

지배인의 얼굴로 보아 심각한 문제가 발생한 것으로 보였다.

"고객들의 예약 취소가 잇따르고 있습니다."

"그게 무슨 말이야?"

석 달 동안은 예약이 불가능하다 할 정도로, 호황이었던 리야드 호텔이었다.

시설과 서비스로 손꼽히는 사우디아라비아의 자랑이었다.

원유 수출을 제하고는, 외화 수입의 반 이상을 차지했기에, 소유주인 알리의 자부심이기도 했었다.

그런데 그 신화가 지금 무너지려 하고 있었다.

알리가 다급하게 물었다.

"왜? 이유가 뭐야?"

좋지 않은 소식이니 전하기 어려웠으리라.

지배인이 머뭇거렸다.

"저…… 그것이!"

"말 돌릴 생각하지 말고 사실대로 얘기해! 서비스가 문제야? 아니면 식단? 침구? 고객들이 원하는 대로 모두 바꾸란 말이야!"

하지만 지배인은 전혀 예상 밖의 말을 했다.

"압둘 왕자의 '로열 쿠웨이트'의 예약이 꽉 찼다고 들었습니다."

"그게 무슨 상관이야! 그거 잘되는 거랑 내 호텔이랑 무슨 상관이 있냐고?"

하루에 수백만 달러가 사라지고 있는데, 과연 좋은 소리가 나올 수 있을까?

지배인이 흥분하는 알리를 달래며 말했다.

"우리 호텔에서 예약을 취소한 수만큼, 그 호텔의 예약이 늘었다고 합니다. 그게 뭘 의미하는 것이겠습니까?"

절대로 믿고 싶지 않은 결과였다.

"그럼……."

"네! 우리 고객이 다 그쪽으로 가버린 거지요."

알리는 소파에 털썩 앉으며 이마를 짚었다.

"방법을 찾아봐!"

지배인이 난처한 표정으로 말했다.

"어떻게?"

"그걸 내가 어떻게 알아! 당장 방법을 찾아! 숙박비를 반으로 낮추더라도, 그 손님들을 다시 데려오라는 말이야! 알았어?"

지배인이 간단히 인사하고 빠른 걸음으로 사라졌다.

'저걸 짓느라, 얼마나 큰돈을 들였는데. 크.'

지배인의 말이 사실이라면, 이유는 단 하나였다.

성훈의 모형!

기껏해야 200만 달러짜리 모형이었다.

그게 15억 달러짜리 호텔을 흔들 거라고 상상이나 했겠냐만은, 이미 이런 결과가 나온 것을 어쩌겠는가?
 알리가 이마를 부여잡았다.
 당장 생각나는 타개책이 없었다.
 성훈밖에는…….
 '저 모형을 하나 더 만들어 달라고 해 볼까?'
 하지만 어림없는 소리란 걸 누구보다 잘 알았다.
 기회를 못 잡은 자신을 탓해야지.
 성훈에게 부탁했다가는 '따라쟁이가 될 생각이냐!'고 타박만 받을 것이 뻔했다.
 똑같이 카피하면 되지 않냐고?
 '그럼 녀석이 날 다시는 쳐다보지도 않을걸!'
 하나 마나 한 고민이었다.
 답이 없는 문제로 머리를 싸매는 알리였다.
 그러던 차에 오늘 마침, 성훈의 연락을 받은 것이었다.
 알리의 머리가 빠르게 돌아갔다.
 '어떻게든 성훈을 붙잡아야 해. 반드시!'

93장
취업 선물(1)

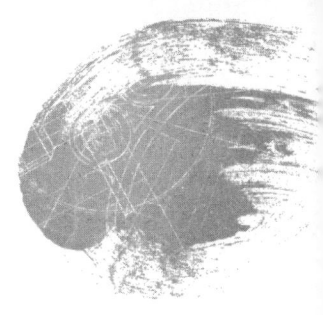

리야드 공항의 VIP 라운지.

초조한 기색의 알리가 말했다.

"아크람. 괜찮대도……."

왕궁에서 기다리라고 했음에도, 굳이 직접 맞이해야 한다며 고집을 세우는 아크람이었다.

"아닙니다. 초대한 당사자가 맞이하지 않는다니, 얼마나 손님을 무시하는 처사입니까?"

부드러운 어조였지만, 그 물음에는 알리에 대한 가벼운 책망을 담겨 있었다.

'그렇게 VVIP라고 강조를 했건만, 오기 직전에야 알게 되시다니요!'

말하지 않아도 꾹 다문 입술이 그렇게 말하고 있었다.

알리는 어깨를 으쓱하며 억울한 표정을 지었다.

"도착 열 시간 전에 연락을 한 녀석이라고요. 아크람."

어쩔 수 없지 않냐는 항변이었다.

아크람은 마지못해 고개를 끄덕였다.

"네. 이해합니다. 그런데 주한 대사도 다음 비행기로 오는 중이라고요?"

알리는 고개를 끄덕였다.

"응. 오라고 했어."

고도의 계산이 깔린 대사 호출이었다.

'아크람의 잔소리도 반으로 분산될 터!'

"그럼 왕자님을 뵙고, 돌아가기 전에 저를 만나라 말씀 전해 주십시오."

알리의 얼굴에 흐뭇한 미소가 떠올랐다.

'작전은 성공했군.'

"알았어요. 아크람."

경호원이 문을 열고 들어왔다.

"전하, 비행기가 착륙했다고 합니다."

알리가 아크람의 허리를 받치며 일어섰다.

"이제 나가 보자고요."

"네. 왕자님."

알리의 이마에 긴장으로 얼룩졌다.

게이트로 걸어가며, 아크람이 말했다.

"성훈 님의 대접에 온 힘을 쏟아주십시오."

"편하게 해도 괜찮아. 내가 성훈은 잘 안다고."

알리의 심드렁한 대꾸에도 아크람은 진지했다.

"왕자님. 그분은 과거의 일로도 VVIP 시지만, 이번 방문으로 인해……."

"알고 있대도 자꾸 그러네."

"왕자님."

나란히 걷던 아크람이 걸음을 멈추었다.

그러고는 천천히 고개 들어 알리와 눈을 맞췄다.

알리가 흠칫하며 물었다.

"응? 왜?"

"이번에 리야드 호텔의 예약 취소 건이 많았다지요?"

알리의 눈 밑이 파르르 떨렸다.

"아크람이 그걸 어떻게……."

범인은 명백했다.

'집사! 내 이놈을…….'

하지만 실질적인 징계는 어려울 것이다.

그다음 집사 또한 마찬가지일 테니.

사우디아라비아에서 누가 아크람의 눈길을 피하겠냐만서도, 얼굴이 붉어지는 것은 어쩔 수 없었다.

"곧 회복될 거야. 아크람은 걱정하지 않아도 돼."

그는 조용히 미소 지었다.

"물론! 걱정하지는 않습니다."

하지만 아무리 무던한 알리라고 눈치가 없으랴?

'그럼 그 걱정스러운 눈빛을 어떻게 설명할 거냐고요!'

아크람의 심정은 누구보다 잘 알고 있었다.

이미 자신의 왕위 계승이 확고해지는 마당에 다른 변수를 생각하고 싶지 않을 것이다.

그에게 중요한 것은 누가 왕이 되느냐가 아니라, 얼마나 자리에 적합한 인물이 왕좌에 앉느냐 하는 것일 테니.

그 주름으로 덮인 눈이 말하고 있었다.

'잠깐의 실수로 당신과 형제들의 왕좌 다툼을 더 이상은 보고 싶지 않습니다'라고.

알리가 말했다.

"걱정 마! 아크람. 어떻게든 할 테니까."

아크람이 걸음을 내디뎠다.

"오! 이미 해결책을 생각해 내신 겁니까?"

그 질문에 알리는 침중한 얼굴로 고개를 저었다.

"그게…… 아직은."

아크람이 부드럽게 미소 지었다.

"'로열 쿠웨이트'의 호황 원인이 저번에 보았던 건축 모형에 있다고 들었습니다. 맞습니까?"

"응. 일단은 그것 말고는……."

"그럼 해결책은 성훈 님께 있겠군요."
"왜 그렇게 생각하는 거지?"
아크람이 옛 격언을 읊었다.
"옛말에 이르기를, '문제가 있는 곳에는 대책도 같이 있다'고 했습니다."
알리의 눈이 빛났다.
"그래? 확실히 성훈이 해결할 수 있을까?"
아크람이 고개를 저었다.
"알라께서만 아시겠지요. 다만 일의 발단인 성훈 님이시라면, 대응하는 방법 또한 생각해 내시지 않을까? 추측할 따름이지요."
"그런 말이 어디 있어? 아크람."
한껏 기대했던 알리가 그를 타박했다.
아리송한 답보다 더 얄미운 게 있던가?
'기면 기고 아니면 아니지!'
"왕자님께서 하실 일은 한 가지이십니다."
"……."
"성훈 님께 다른 방법을 달라고 말씀하시는 것."
알리의 두툼한 입술이 툭 튀어나왔다.
"집사는 지금 나보고 성훈에게 억지를 부리라는 거야? 채신머리없이?"
"해결책이 있으십니까?"

알리의 송충이 같은 눈썹이 꿈틀거렸다.

"아무리 그렇다고 해도……. 그리고 그 녀석이라고 마땅한 방법이 있겠어?"

디자인에 대해서는 인정을 하지만, 호텔 경영에 대해서 성훈이 안다고는 생각되지 않았다.

부정적인 투로 말을 이었다.

"100층짜리 호텔이라고. 100층."

투덜대는 알리를 보며, 아크람이 작은 한숨을 내쉬었다.

"제가 살아 있을 동안은 두 번 다시 왕자님들 간의 다툼을 보고 싶지 않군요. 휴."

아버지인 국왕보다 더 친근한 사람이었다.

그의 가슴에 대못을 박을 수는 없었다.

알리는 기세를 꺾었다.

"알았어. 부탁은 한번 해 볼게."

"잘 생각하셨습니다. 왕자님."

게이트에 도착했지만, 아직 열리지는 않았다.

비행기가 자리로 들어오는 모습이 보였다.

갑자기 생각난 듯, 아크람이 다급히 말했다.

"참! 그리고 저녁 만찬에는 압둘 왕자님을 초대하겠습니다."

예상치 못한 말에 알리가 미간을 좁혔다.

'잘 나가다가 왜 삐딱선이야!'

하지만 침 한번 꿀꺽 삼키고, 차분히 말했다.

"녀석을 왜?"

생각만 해도 부아가 치밀어 올랐다.

"친우가 아니십니까?"

"친구는 무슨! 그런 놈은 친구도 아니야!"

"다른 이유도 있습니다."

"뭔데?"

"성훈 님께서는 이 일정이 끝나고 쿠웨이트로 가신다고 하지 않으셨는지요?

"그래! 가서 보면 되는걸, 왜 굳이 불러서 그 녀석의 잘난 체하는 꼴을 봐야 하느냐고."

아크람이 빙긋이 웃었다.

"왕자님께서는 압둘 왕자님께 불만이 많으신가 봅니다."

"당연하잖아. 여우 같은 녀석. 어제 아침에 전화가 와서는……. 어휴!"

생각만으로도 열불이 치미는 듯, 알리의 얼굴이 붉어졌다.

"이럴 때일수록 너그러운 모습을 보이셔야지요."

"쿵! 그런 놈에게 무슨……."

말없이 코웃음 치는 알리를 보며 아크람이 미소 지었다.

'굳이 말하자면 애증의 동반자지요.'

알리와 압둘!

어린 시절부터 친구(親舊)로 같은 대학에서 공부했고, 이라크의 쿠웨이트 침공 시에도 압둘의 가장 큰 의지처는 알리였다.

치고받으며 큰다고 했던가?

앞서거니 뒤서거니 하면서 서로를 인식했고, 상대를 이기기 위해 노력하다 보니, 지금의 자리에 서 있는 거였다.

알리는 사우디아라비아의 기둥으로!

압둘은 쿠웨이트의 대들보로!

그들의 성장을 누구보다 가까이서 지켜본 사람이 바로 아크람이었다.

'압둘 왕자가 있었기에, 지금의 당신이 있는 겁니다.'

허나 실리적인 이유가 없다면, 알리 왕자가 고집을 굽힐 리가 없었다.

"리야드 호텔의 하루 손해가 얼마입니까?"

"아! 그 얘기는 또 왜!"

알리가 오만상을 찌푸렸다.

'오늘따라 왜 이리 잔소리가 심해.'

"성훈님께서 빨리 돌아가시는 만큼, 호텔의 적자가 줄어들 겁니다."

이미 성훈에게서 해결책이 나올 것이라 확신하는 아크람이었다.

"며칠 늦는다고 나 안 망해!"

알리가 고집을 부렸지만, 아크람은 조용히 달랬다.

"하루라도 빨리 한국으로 돌아가야 하는데, 성훈 님께서 쿠웨이트로 가면 며칠 만에 돌아가실 수 있을까요?"

"응? 그게 무슨 말이야?"

"압둘 왕자님이 쿠웨이트 국왕께 어떻게 소개할지 저는 머리에 훤히 그려집니다만."

"친구라고 소개하겠지."

얼마 전에도 녀석이 은근히 자랑하지 않았던가?

'성훈의 저 시계 보여? 내 친구라는 증표야!'

압둘은 자랑하듯이 자신의 눈앞에 제 팔목을 흔들어 댔었다.

아크람이 빙긋 웃었다.

"아마 영민하신 압둘 왕자님께서는 제 이름도 팔겠지요. 저, 아크람이 인정한 귀빈이라고요."

"으, 응. 그렇겠지."

뭔가 단순하지 않은 상황이라는 감이 온 알 리가 쉴 새 없이 콧수염을 만지작거렸다.

적어도 중동에서 아크람을 무시할 사람은 아무도 없었다.

그리고 그의 초대를 받은 귀빈도.

'그럼 국왕은 관심을 가질 수밖에 없다고!'

"끄응. 아크람의 이름에는 그 정도 영향력이 있지."

"저 같은 게 무슨 영향력이 있겠습니까? 다만 쿠웨이트 국왕께서 시선 한 번쯤 주실 이유는 되겠지요."

"끄응. 그래서?"

"과연 쿠웨이트 국왕께서 성훈 님의 뛰어난 점을 못 알아보실까요?"

"그럴 리가 없잖……."

국왕이 눈이 멀지 않을 이상, 당연히 성훈의 뛰어난 점을 알 수 있을 것이고.

'아니, 눈이 멀어도 알 수 있을걸? 압둘, 그 녀석이 옆에서 조잘대며 친구 자랑을 해댈 테니'

"왕자님께서는 성훈 님을 사이에 두고, 압둘 왕자와는 비교도 안 되는, 쿠웨이트 국왕과 경쟁을 하셔야 합니다."

"……."

"이길 자신 있으십니까?"

"그건……."

"그분은 강대국이었던 이라크의 침공을 받고도 여전히 건재하신 분이시죠."

말이야 곱게 했지만, 요약하면 이 말이 아니던가?

'호랑이 앞의 하룻강아지.'

"아직도 압둘 왕자께서는 그분 앞에서만 서면 오금이 저리다고 하더이다."

알리라고 그와 다르랴!

조곤조곤한 아크람의 말에 알리는 한 마디 반박도 할 수 없었다.

"그래서 압둘 왕자님을 만찬에 초대하려 합니다."

아크람이 말을 이었다.

"그래도 되겠습니까? 왕자님?"

알리가 더듬거리며 말했다.

"그, 그래. 초대해."

"너그러운 모습 보여주셔서 감사합니다. 우리 왕국의 장래는 왕자님 어깨에 있사옵니다."

알리가 헛기침했다.

"험험. 저기 성훈이 나오는 것 같은데."

'아크람이 나와 있을 줄이야.'

지팡이를 짚은 그의 모습에서 진심이 느껴졌다.

그에게 다가가 정중하게 허리를 굽혔다.

"초대해 주셔서 감사합니다. 아크람."

그는 미소 지으며 다가와 내 등을 감싸 안았다.

"아닙니다, 성훈 님. 저야말로. 이제야 이 늙은이가 관에 들어가서도 눈을 감겠군요. 정말로 감사합니다."

그 옆의 알리도 포옹하며 물었다.

"성훈. 오는 길에 불편한 점은 없었나?"

"에이. 불편함이라뇨. 저기서 나오기 싫던 걸요."

너스레를 떨자, 알리가 등을 치며 기꺼워했다.

"우리 아크람의 소원을 들어줘서 고마워."

알리가 손을 이끌며 말을 이었다.

"그럼 우리는 이쪽으로 먼저······."

"왜요?"

알리가 말없이 눈짓했다.

슬쩍 쳐다보니, 꼬장꼬장 허리를 편 아크람이 알라위를 포함한 둘과 대치하고 있었다.

한 마디 꾸중도 없음에도, 그는 바짝 긴장한 모습으로 눈동자만 데굴거리고 있었다.

"아크람이 왜 저러시는 거예요."

그쪽으로 몸을 돌리자, 알리가 내 소매를 붙들었다.

"저건 아크람의 일일세. 신경 쓰지 말게."

"그래도 저분들 때문에 편하게 왔는데."

"저러다가 말아! 아크람은 평민들에게는 굉장히 관대하거든."

"그래요."

미심쩍은 눈으로 보자, 알리가 화제를 바꿨다.

"참! 쿠웨이트 안 가도 된다네!"

"네? 왜요?"

"그게 말이야. 자네가 두 나라를 다 가려면 번거로울 것 아닌가?"

고개를 끄덕이자, 그가 말을 이었다.

"여기까지 오는 것도 미안한데, 더 고생을 시킬 수야 없지."

"안 그러셔도 되는데."

그러면서도 한편으로는 마음이 놓였다.

'사실상 쿠웨이트 방문은 나한테도 부담이거든.'

압둘이야 문제가 안 되지만, 그의 아버지인 국왕을 만나는 것이 마냥 좋다고 할 수 있을까?

'압둘보다 몇 배는 여우라고 들었는데! 만에 하나라도 잘못 엮이면, 둘 사이에서 눈치를 봐야 한다고!'

두 왕자를 양쪽에 두고 저울질하는 것이 아니라, 두 왕 사이에 끼어 갈가리 찢어질 수도 있었다.

그리고 중요한 건 지금은 없는 게 낫다고!

그의 말을 들으며 속으로 계산했다.

'아직은 그 둘을 상대할 위치가 아니야.'

나중에 필요한 시점이 오면, 그때는 부르지 않아도 찾아갈 거다.

적어도 내가 국왕들에게 휘둘리지 않을 역량을 가졌을 때!

자신 없으면?

알리나 압둘, 얘네 둘이 왕관 쓸 때까지 기다리지 뭐!

이제 본론을 꺼내야 할 시간이었다.

"알리. 비행기에 타고 오면서 들었는데⋯⋯."

"흥. 압둘 녀석이 잘되는 것?"

"아뇨. 당신 호텔에 파리 날리는 거."

알리가 얼굴을 붉히며, 콧수염을 만지작거렸다.

"대체 소문이 어디까지 난 거야?"

그는 리무진에 올라타며 말했다.

"성훈. 자네가 걱정할 정도는 아니야."

함께 뒷좌석에 앉으며 작게 한숨을 내쉬었다.

'알리! 내가 비행기에서 들은 얘기는 다른데요?'

신문에서는 단지 호텔 투숙객들의 예약 취소로 인해 알리의 수익이 감소했다는 것으로 보도되었지만, 실제로 그의 상황은 신문으로 알려진 것보다 더 심각했다.

아디바가 알리를 걱정하며 말했었다.

'얼마 지나지 않아, 호텔 건축에 들어간 대출금 상환에 심각한 지장이 생길 거예요.'

인정하고 싶지 않으니, 내심 부인하고 있을 뿐.

이대로라면 알리는 자존심 때문에라도 절대 자신의 상황을 이야기하지 않을 것이다.

그녀들도 얘기하지 않았던가?

'알리 삼촌은 절대로 앓는 소리를 하지 않을 거예요. 자존심이 굉장히 강하거든요!'

그렇다고 이대로 내버려 둘 수도 없다.

중동의 돈줄 하나가 날아가는 거라고!

그의 아픈 부분을 찌를 수밖에.

일단 살아남아야 자존심도 세울 수 있지 않던가?

창밖으로 시선을 돌리며, 무심하게 말했다.

"그렇겠죠. 석 달 정도는……."

"응?"

툭 던진 말에 알리의 미간이 꿈틀했다.

"어디서 들은 건가?"

"승무원들이 굉장히 미인이던 걸요."

"아디바랑 나니아인가?"

"네."

내 대답에 그는 고개를 갸웃거렸다.

"그럴 녀석들이 아닌데……."

사실 그녀들도 처음에는 사업상 기밀이라며 말하기를 꺼렸지만, 아직 이십 대 중반인 그녀들을 후려치는 것은 내게 있어 일도 아니었다.

그리고 왕족임에도 불구하고, 세상을 더 알고 싶다며 일부러 스튜어디스를 지원한 그녀들이었다.

호기심 많고 진취적인 그녀들은 나와 죽이 잘 맞았다.

시치미를 뚝 떼며 말했다.

"살살 구슬렸죠. 뭐. 당신 조카들이라면서요?"

알리의 광대가 꿈틀거렸다.

"거기까지 말을 하던가?"

"열 시간이면 친해지기 충분한 시간이죠."

그가 나를 보며, 쓴웃음을 지었다.

"보기보다 여자 수완이 좋군. 목석인 줄 알았더니."

의미심장한 그의 말에 어깨를 으쓱할 수밖에 없었다.

'당신 조카들이 한국 아이돌을 좋아해서 그나마 어려움이 덜했어요.'

비슷한 나이끼리 친해지는 것은 금방이었다
서먹함이 어느 정도 없어지자, 한국과 아이돌에 꽂혀 있던 그녀들은 내게 질문을 던져 왔다.
H.O.T를 아는지, 신화를 아는지.
'물론! 아는 한도 내에서 말해 줬지.'
지금은 절대 확인 불가능한 정보들.
소속사에서 사활을 걸고 막았던 뜬소문들.
십여 년이 지난 후에 당사자들이 토크쇼에 나와서 했던 말들.
내게는 지나가며 흘려들었던 이야기들이지만, 그녀들에게는 더없이 귀중한 정보가 될 것이다.
지금은 어디서도 이런 말을 들을 수 없거든!
'절대 불가능하지.'
나는 그런 정보 몇 가지를 그녀들에게 흘렸다.
딱 감질이 날 정도로만.
아디바가 눈을 동그랗게 뜨고 물었다.
"진짜? 신화, 그 오빠들이요?"
"진짜 맞아요? 어디에도 그런 이야기는 없었는데요?"

신화 팬인 나니아가 가느다란 눈으로 의문을 표했다.

'그렇지! 걸려들었군.'

그런 그녀들에게 씨익 웃으며 말해줬다.

"그럼! 이건 탑 씨크리트니까. 이게 밝혀지면 그 아이돌 그룹은 해체된다고. 그러니까……."

"그러니까, 뭐요?"

속삭이는 내 목소리에 그녀들은 얼굴을 바짝 붙여왔고, 나는 그녀들의 입술에 양 검지를 갖다 대며 말했다.

"쉿! 알겠지? 당신들만 알고 있으라고."

장난기가 살짝 섞인 행동이었지만, 비밀이라는 말이 그녀들에게는 더 신뢰를 주었던 모양이다.

"정말요?"

둘은 좋아서 어쩔 줄을 모르며, 입이 헤 벌어진 것도 모르고 연신 고개를 끄덕였다.

"알았어요. 다른 건요? 또 다른 건 없어요?"

'왜 없겠어? 백 개라도 읊으라면 읊겠다.'

아디바의 물음에 미소 지으며 고개를 끄덕였다.

"있지. 적어도 지금은! 당사자들이 아니면 절대로 모르는 비밀 정보일 거야."

"말해 봐요. 얼른!"

발그스레 상기된 채, 기대에 가득 찬 얼굴이었다.

하지만 나는 그녀들의 요구에 응할 생각이 전혀 없었다.

굽혔던 허리를 바로 세우며, 소파에 느긋하게 기댔다.
"미안하지만, 무료 서비스는 여기까지!"
기대가 무산되자, 아디바는 황당해하는 눈으로 항의했다.
"엥? 그게 무슨 말이에요. 성훈!"
"가는 게 있으면 오는 것도 있어야지?"
"정보요?"
"응. 정보!"
그러자 나니아는 더 황당하다는 표정이었다.
"방금 봤잖아요? 우린 당신보다 더 아는 게 없다고요!"
한국 연예계야 그렇지만, 알리 관련은 다르잖아?
"아까 당신들, 알리 조카라고 했었지?"
둘이 동시에 고개를 끄덕였다.
"그래도 한국 아이돌에 대한 정보는 성에 안……."
'그건 당신들 관심사고! 내게 아이돌 그룹 정보가 왜 필요해?'
그것도 시커먼 머슴애 그룹을.
"그것 말고, 알리에 대한 정보가 필요해."
"음……. 그건."
"이렇게 하자고. 내 질문에 대답할 때마다 나도 당신들 질문에 대답해 주지."
"하지만……."
고민하는 그녀들에게 말해 주었다.
"알리의 재정 상태는 금방 드러날 거야. 신문사에서 캐고 다닐 테니까."

그녀들은 반신반의하는 표정이었다.

"설마요?"

'틀린 소리는 아니잖아?'

찻잔을 들어 마시며 말을 이었다.

"하지만 지금 내가 말하는 정보는 십 년 뒤에도 확인하기 어려울 거야. 그 아이돌 당사자가 말하지 않으면……. 어쩌면 평생 말하지 않을지도 모르고."

정보의 가치는 희소성에 있다.

그게 비록 가십거리라 하더라도.

그동안 침묵하던 나니아가 아디바의 옆구리를 쿡 찔렀다.

"아디바……."

나는 그녀들의 선택에 면죄부도 주었다.

"곤란하면 대답하지 않아도 돼. 알려줘도 되는 정도면 충분하다고."

내 제안에 그녀들의 눈동자가 심하게 흔들렸다.

'갈등이 거의 끝나가는군.'

설령 내 질문에 정확한 답을 하지 않는다 해도, 그녀들의 표정만으로도 답을 알아낼 확신이 내게는 있었다.

"음……."

둘이 서로 얼굴을 마주 보더니, 이내 나를 향해 고개를 끄덕였다.

"알았어요. 그렇게 하도록 해요."
정보를 거래하기 전, 그녀들에게 말했다.
"그리고……. 알지?"
"뭘요?"
"내가 알리랑 아주, 아주 친한 친구라는 거."
의미심장한 내 말에 그녀들이 고개를 끄덕였다.

"알리. 해결할 방법은 있나요?"
더는 거론하고 싶지 않은 듯, 그는 창밖으로 고개를 돌렸다. 그리고 퉁명스런 한마디를 뱉었다.
"알라께서는 넘지 못할 시험을 주시지 않는다네."
'그건 시험을 넘긴 자들이나 하는 말이죠.'
하나의 성공담을 위해서 얼마나 많은 실패가 누적되는지 아는가?
다만 눈에 띄지 않을 뿐!
잔혹하지만, 역사는 단 하나만을 기록한다.
성공담, 그중에서도 최고의 성공담을!
항상 자신만만하던 알리에게서 저런 표정을 볼 줄이야 상상이나 했으랴!
미안한 마음이 절로 들었다.

"미안해요. 이런 상황이 될 거라고는 생각을 못 했어요."

"내게 미안할 필요 없네. 겨우 그 정도에 흔들릴 거로 생각했다면, 자네 안목에 실망이야."

그의 송충이 같은 눈썹이 일순 꿈틀거렸다.

꾹 다문 입술이 그의 의지를 대변하고 있었다.

"이런 잔바람은 사막의 모래바람에 비하면, 그야말로 아무것도 아니지."

알리가 없는 압둘을 상상할 수 있을까?

'아니! 절대 불가능하지.'

혼자가 되면 압둘을 저울에 올릴 수가 없다고!

서로 균형이 맞아야 저울질을 할 것 아닌가?

그럼 나 자신을 저울에 올릴 수밖에 없는데, 그 기준이 돈이라면 나 같은 소시민은 단 일 초도 버티지 못할 것이다.

하지만 지금 나는 알리에게 아무런 말도 할 수 없었다.

어떤 말도 그에게는 상처가 될 테니까.

화제를 돌리려는 듯, 알리가 물었다.

"취직이라고 하던데, 역시 현재 건설에 들어가기로 한 건가?"

그의 질문에 고개를 주억거리며 호응했다.

"네. 그렇게 결정했어요."

"그때 봤던 그 친구들 때문이겠지?"

"네. 맞아요."

고개를 끄덕이자, 그가 말을 이었다.

"장차 자네의 행보에 보탬이 될 사람들이군? 그렇지?"

나처럼 젊은 사람에게 행보라는 말이 어울리기나 하겠냐만은, 그는 익히 짐작하고 있었다는 눈빛이었다.

"열정이 있거든요."

"그렇겠지. 어렵히 쓸만한 자들을 뽑았으려고."

그가 시트 옆의 냉장고에서 물을 따라 건넸다.

"목이 마르겠군. 물이나 한 잔 들게. 그럼 직함은 뭔가?"

"네?"

신입이 무슨 직함이 있겠는가?

하지만 그는 그렇게 생각하지 않는 모양이었다.

"한국에서는 직함이 있어야 방귀라도 뀔 수 있다면서?"

"누가 그래요?"

"곽 이사가 그러던데."

알리의 농담에 웃으며 대답했다.

"훗. 그건 맞는 말이죠."

"자네가 현재에 봉사하려고 들어갈 그런 선한 인물은 아니질 않나? 안 그런가?"

알리가 재차 물었다.

"그러면 적어도 곽 이사, 그 사람보다는 높은 직책이겠지?"

곽 이사를 내 부하 정도라고 생각하는 알리라면 충분히 할 만한 생각이었다.

그의 말에 고개를 저었다.

"아뇨. 이제 막 들어갔는데, 직함이 어디 있겠어요?"

알리가 얼굴을 찌푸렸다.

"설마? 뭐 과장, 부장, 팀장 그런 거 있잖아. 왜!"

그게 당연하다는 얼굴을 하고 있자, 그가 깜짝 놀라며 물었다.

"그냥 말단이야? 정말인가?"

"원래 신입은 그래요."

경력직이거나 특별한 경력으로 인정받지 않은 이상, 한국에서 그런 경우는 거의 없을 것이다.

물론 낙하산의 경우는 별개겠지만.

"엥? 원래 그런 게 어딨어? 그럼 연봉은?"

흥분하던 그가 말해 놓고도 아차 싶었던지, 말을 얼버무렸다.

"에잉! 난 적어도 자네가 나와 독대할 수 있는 직함이라도 가진 줄 알았지! 현재 건설 사장은 그렇게나 사람 보는 눈이 없나?"

"아뇨! 난 이게 맞아요."

"왜? 높은 자리에 올라가야 큰일도 할 수 있는 거라고."

그의 말에 피식 웃음이 나왔다.

"높은 자리 아니라도, 이렇게 알리 당신과 독대하고 있잖아요."

그가 뜨악한 표정으로 헛기침을 해댔다.

"크흠. 그렇기는 하지만, 이건 아주아주 특별한 상황이고."

"네. 저도 그런 상황이죠."

"자네가 그런 푸대접을 받다니! 안 되겠어. 내 건설회사로 오게! 당장에라도 팀장, 아니, 그보다 더한 자리라도 주지!"

큰소리치는 그를 보며 내심 웃었다.

'그건 안 되죠. 당신한테 일을 따가야 하는데.'

내게 있어 알리는 나를 신뢰하는 물주여야만 했다.

'그게 내가 당신에게 부여한 포지션이에요. 압둘과 함께.'

물주가 사장이 되면?

내게 의미가 없다.

그럼 내 두 번째 삶은 치트키로 만연한 불량 게임이 되어 버릴 테니까.

"이 친구야. 웃기는 왜 웃어? 정말이라니까!"

"당연하죠. 당신은 허언하지 않는 사람이죠. 그리고 약속은 꼭 지키죠."

"그래. 그게 사우디 남자지."

그가 자신을 믿으라는 듯, 어깨를 세우며 가슴을 텅텅 쳤다.

"하지만 전 제가 가려는 길이 있어요. 옆에서 지켜봐 줘요."

"흠흠. 그런 건가??"

가만히 고개를 주억거리는 내게 알리는 쑥스러운 얼굴로 말을 이었다.

"언제든지 내가 필요하면 불러. 난 항상 이 자리에 있을 테니까."

"알았어요."

알리가 다시 한 번 다짐을 받았다.

"압둘 그놈 말고, 나 말이야. 알리!"

압둘과는 둘도 없는 친구면서, 꼭 자신을 내세우는 알리였다.

'이번 일로 자존심이 많이 상했나 보네.'

"알았어요."

알리와 말하는 사이, 그의 저택에 도착했다.

"성훈. 일단 내리지. 저녁 9시에 연회를 시작하니 그동안 쉬고 있게나."

알리는 집사에게 나를 안내하도록 지시했다.

그리고 자신의 서재로 향했다.

처음 봤을 때처럼 여전히 듬직하고 믿음이 가는 등이었지만, 그때보다 발걸음이 무거워 보이는 건 단지 내 기분 탓일까?

뒤돌아 집사의 안내를 받으며 생각에 잠겼다.

'알리. 잔바람이라고 했나요?'

작품의 시선 몰이는 내가 의도한 바였지만, 이런 반응이 나올 것은 예상하지 못한 일이었다.

알리의 말처럼 아직은 잔바람이었다.

'그대로 놔두면 작은 불꽃을 피우다 사라지겠지.'

그리고 재만 남은 곳에 다시 불을 피우기는 어려우리라.

'맞바람을 부쳐주지.'

어느새 나는 객실 앞에 서 있었다.

정중하게 인사를 하고 돌아서는 집사에게 물었다.

"지금 아크람은 어디 있나요?"

"아크람 집사님은 어찌 찾으시는지?"

"여쭤 보고 싶은 게 있어서요."

"음. 아마 궁으로 가고 계시겠지요. 지금쯤이면 거의 도착했을 겁니다."

궁이라고 해봐야 지척의 거리.

"아크람과 연락을 할 수 있을까요?"

"왕자님께 호출을 부탁드리겠습니다."

"아뇨. 그를 번거롭게 하고 싶지는 않아요."

괜히 그의 자존심을 건드리고 싶지 않았다.

의아해하는 그에게 말을 이었다.

"아크람과 연락할 방법만 가르쳐 주세요. 알리 몰래요."

내 부탁에 그가 물었다.

"혹여……. 왕자님의 일 때문에 그러시는지요?"

뭔가를 감지한 눈빛이었다.

조용히 고개를 끄덕이자, 집사가 말했다.

"손님을 번거롭게 한다면, 아크람 님께 호되게 혼이 날 것입니다. 쉬고 계시면 연락이 가도록 조치하겠습니다."

"알리에게는 비밀로……."

그의 암갈색 얼굴에 의미심장한 미소가 스쳐 지나갔다.

"이를 말씀입니까?"

⁂

처음 묵었던 방보다 더 크고 화려한 곳이었다.

그리고 왕가라는 것을 증명이나 하듯, 비행기에서도 보았던 문양이 다양한 방식으로 도배되어 있었다.

어떤 곳은 금박으로, 다른 곳은 녹색의 문양으로.

'좀 있으면 연락이 오겠지. 그동안 좀 쉬어볼까?'

푹신한 소파에 등을 누이며 고개를 젖혔다.

'일 년만인가?'

감회가 새로울 수밖에.

여기서부터 내 해외 활동이 시작되었거든.

그때와는 많은 것이 달라졌다.

알리의 말도 일리가 있었다.

'높은 자리에 있어야 큰일은 한다고?'

일면 맞는 말이지만, 꼭 그런 건 아니질 않은가?

높은 자리가 일하는 데 수월한 건 사실이지만, 꼭 그 자리에 있어야만 큰일을 할 수 있는 것은 아니었다.

'낙하산을 원한다면, 당장에라도 사장에게 딜을 넣을 수 있지.'

일을 따갈 테니, 팀장으로 임명해 달라고.

사장이 거부할까?

'아닐걸. 내가 마음에 들지 않더라도, 직함은 줄 것이다. 그리고 얼굴마담으로 내세우겠지.'

나 하나 때문에 돈 되는 일을 포기할 사장이 아니다.

'그 말은 곧 자리는 아무 의미가 없다는 거지.'

허울 좋은 높은 자리보다, 내 생각을 실현할 수 있는 실질적인 영향력이 필요했다. 그리고 강요가 아니라 자연스러운 과정으로 이루어져야 한다.

'요점은 그가 인정할 수밖에 없도록 역량을 보여줘야 한다는 거지.'

그리고 이유는 알 수 없지만, 현재 건설 사장은 내게 호의적이었다. 그와 대화를 하면서 의아한 점이 몇 개 있었다.

'나는 사장을 잘 모르는데, 그는 나를 오래 지켜본 듯한 눈치였다고.'

사장이 말하는 행간에 그런 뉘앙스를 느꼈다.

'그렇지 않다면, 어느 누가 말단 신입에게 맘대로 해보라고 하겠냐고! 그림을 잘 그려서? 훗!'

스스로 생각하면서도 웃음이 나오는 것이었다.

그림 때문에 호감을 가진 거라면, 디자인을 시켰겠지.

영업을 맡길 리가 만무했다.

'대기업 사장이라는 자리가 핏줄로만 얻을 수 있는 게 아니라고.'

더 의아한 점은 이거였다.

'날 정확히 안다면, 내 제안에 고민을 좀 했을 건데, 그게 아니라 흔쾌히 응했다는 거지.'

물론 곽 이사가 입단속을 잘했겠지만, 나에 대한 정보가 허술하다는 말과 같았다.

'여기서 나라는 존재를 각인시켜야겠어.'

신뢰이든 시험이든 이것만은 확실했다.

그가 내게 일을 맡겼다는 것!

'즉 이 일의 첫 단추를 내가 끼운다는 거지.'

반드시 규모가 큰일이어야 할 필요도 없었다.

내게 필요한 것은 사장이 무시하지 못하게 어필하는 것이지, 그의 마음에 드는 것이 아니니까.

소파가 너무 편했던 모양이다. 생각하다가 까무룩 잠이 들었다. 방안을 울리는 전화벨 소리에 눈을 떴다.

'아! 전화를 기다리고 있었지.'

예상했던 대로 아크람이었다.

"아크람 집사님. 알리 왕자 일로 여쭤 볼 게 있어서요."

아크람도 내게 용건이 있었던 모양인지, 질문을 던졌다.

-성훈 님. 혹시 저택으로 가시면서, 왕자님께서 부탁했던 것이 없습니까?

"부탁이라뇨?"

-음. 역시 그럴 거라 예상했습니다. 누구에게 아쉬운 소

리를 하실 분이 아니지요.

그의 말에 상황이 그림으로 그려졌다.

아크람은 알리가 내게 부탁을 해서라도 지금 상황의 해결책을 찾기 원했던 것 같고, 알리는 자존심 때문에 차마 부탁을 못 한 거겠지.

'중심이 되는 알 리가 움직일 생각이 없으니, 스스로 움직일 수 있게 판을 짜야겠군.'

평생을 함께할 수도 있는 파트너가 여기서 자긍심이 무너져서는 곤란하다.

'평생 날 껄끄러워 할 거라고.'

아크람에게 물었다.

"조용히 만나 뵙고 싶은데, 방법이 없을까요?"

아크람이 대수롭지 않은 듯 대답했다.

-제가 알리 왕자님께 연락을 드리지요.

"네?"

누구는 007 작전하는 마음으로 가슴을 졸이고 있는데, 뭐라고?

그에게 되물었다.

"집사님. 일부러 알리를 피해서 연락드린 거라고요."

내 곤란함이 전해졌는지, 수화기 너머에서 아크람의 나지막한 웃음소리가 들렸다.

-성훈 님. 핑계는 여러 가지 아니겠습니까? 혹시 사우디

아라비아 왕궁의 예법을 아시는지요?

"하. 하. 하. 모르지요."

―국왕 전하께 무례를 범하지 않으시려면 간단하게라도 예행연습이 필요할 겁니다. 곧 연락이 갈 터이니, 준비하고 계십시오.

그는 그게 당연하다는 듯이 말하고 있었다.

'틀린 말이 하나도 없군.'

나 혼자만 긴장하고 있었던 것이다.

'휴!'

아디바와 나니아가 내게 쉬운 상대였듯이, 아크람에게는 알리가 그런 존재인 것 같았다.

'저런 건 반드시 배워야겠어.'

아랫사람임을 자처하면서도, 자신이 원하는 타이밍에 윗사람을 제 뜻대로 움직이게 하는 것!

그렇게 하면서도, 그 과정에 불쾌함이나 무리가 전혀 없다는 것!

괜히 아크람을 중동 최고의 집사라고 부르는 것이 아니었다.

알리의 집사인 타미르가 나를 궁으로 안내했다.

물론 그 과정에서 알리의 허락을 받았음은 물론이다.

외려 알리는 미안해하며 말했다.

'성훈! 내가 생각이 짧았어. 아크람이 그 점을 넌지시 지적을 해주더군. 아바마마를 뵙는데, 실수가 있어서는 안 되지. 얼른 가 보게. 난 급히 처리할 일이 있어서, 연회가 시작하기 전에 입궁하도록 하지.'

그렇게 알리의 배웅을 받으며 리무진에 올랐다.

타미르가 물었다.

"성훈 님. 외람된 말씀이오나······."

"네. 말씀하세요."

"우리 왕자님께서 지금 상황이 안 좋으십니다. 조금 있다가 궁에 가시면 알게 되시겠지만······."

대충 아비다들에게 들은 것도 있었고, 정치하는 사람들이 얼마나 뒷공작을 많이 하는지 아는 바에야······.

'결정적으로 석 달 동안 회복의 기미를 보이지 못하면, 대출금 상환이야 어떻게든 해결할 수 있겠지만, 인지도의 하락으로 인해서 왕위계승권 순위에서 뒤로 밀려나게 되겠지.'

자세한 것은 모르는 척 시치미 떼며 말했다.

"여러 방면으로 압박을 받고 계시겠지요."

집사가 어두운 얼굴로 고개를 주억거렸다.

"네. 부끄럽지만 사실입니다. 제가 보좌를 잘못한 탓이지요."

"그래도 타미르가 있으니, 알리 왕자가 저렇게 건재한 거겠지요."

'알프레드' 없는 '브루스 웨인'을 상상이나 할 수 있을까?

지금의 사우디아라비아 국왕이 성군으로 칭송받는 것 또한, 아크람의 존재가 많은 부분을 차지하리라.

그리 걱정할 것은 없지 않냐며 말을 이었다.

"하지만 대출금 때문이라면 크게 걱정하실 일이……."

타미르가 고개를 저었다.

"대출금 따위야 어떻게든 해결하실 수 있을 겁니다."

중동 왕자들의 자금 사정을 아는 이상, 저 말이 충분히 납득이 되었다.

"그럼……."

"왕위계승권에서 밀려나 버린다는 게 문제지요. 국민의 인식이 바뀔 테니까요."

타미르는 진중한 얼굴로 말을 이었다.

"그래서 여쭤 보는 말씀입니다만, 아크람 님을 뵙고자 하시는 데는 혹시 해결할 방책이 있어서 그러시는 것인지……."

그의 말에 미소 지으며 고개를 끄덕였다.

집사의 얼굴도 덩달아 밝아졌다.

"아! 역시 그러하시군요."

"물론 아크람 집사님께서 도움을 주신다는 가정하에 가능하겠지만."

그는 그렇다면 걱정 없다는 표정으로 말했다.

"그분께서는 도와주실 겁니다. 대놓고 말씀하시는 분이 아니라서 그렇지, 알리 왕자님을 가장 신뢰하고 계시지요. 수많은 왕자 중에 유일하게 국왕께 기대지 않고 홀로서기를 하신 분이니까요."

"저도 그렇게 느꼈습니다."

평범한 일개 왕자에 불과했던 알리가 왕위계승권에 접근하는 데는 아크람의 보이지 않는 후원이 있었을 테니까.

그가 기도하듯 손을 모으며 말했다.

"알라께서 도우셨습니다."

과장되어 보일지 몰라도, 급격하게 밝아진 그의 표정에서 얼마나 마음고생이 심했는지를 알 수 있었다.

그리고 나를 향해 깊숙이 고개를 숙였다.

"감사합니다, 성훈 님. 이 타미르, 평생의 은인으로 여기겠습니다."

"아직 해결된 것도 아닌데……."

"지금 알리 왕자님 주변에는 모두 적들밖에 없습니다. 그들은 왕자님께서 운이 좋아 지금의 상승 가도를 달린다고 생각들을 하지요."

"지금 알리를 본다면 누구나 그렇게 생각하겠지요."

"흥! 천부당만부당한 소리입니다."

콧방귀를 뀐 타미르가 흥분하며 말을 이었다.

"다른 왕자들이 돈을 물 쓰듯 낭비하고 다닐 때, 알리 왕자님만이 우리 사우디아라비아의 미래를 걱정하셨습니다."

가만히 고개를 끄덕였다.

단지 내 물주로서만이 아니라, 그는 자신의 나라에서도 존재감을 과시하고 있었다.

내 생각이 더욱 굳어졌다.

'알리는 반드시 살려내야겠어.'

그런 와중에도 타미르는 열성적으로 알리를 변호하고 있었다.

"알리 왕자님은 한 번의 실책 때문에 몰락해서는 안 되는 분이란 말입니다."

타미르의 손을 잡으며 말했다.

"걱정하지 마세요. 어떻게든 방법을 찾아볼 테니까요."

"감사합니다."

타미르가 울먹이며 고개를 재차 숙였다.

타미르는 묻지 않았지만, 내게는 이미 계획이 서 있었다.

'문제는 그때까지 알리가 건재해야 한다는 거지.'

기껏 계획을 완성했는데, 결과를 받을 알리가 없다면, 죽쒀서 개 주는 거나 뭐가 달라.

그걸로 이득을 본 다른 왕자가 과연 나를 얼마나 신뢰할까?

또한 나는 그를 얼마나 신뢰할 수 있을까?

'어떤 놈이 득을 볼지 내가 어떻게 예측하냐고?'

내 편견이겠지만, 중동의 석유 부자들은 다른 사람 알기를 거지처럼 보는 자들이었다.

그런 놈들 배 불리기보다는 됨됨이가 되어 있는 알리가 백 배는 낫다.

지금 아크람을 만나는 것은 내 계획이 완성될 때까지 알리가 버틸 수 있는지, 또 그렇게 지원할 수 있는지 의견을 타진하러 가는 것이었다.

다른 사람은 몰라도, 아크람이라면 방법이 있을 것이다.

알리에게 말하는 것이 가장 간단한 문제겠지만.

'그 고집쟁이가 남의 말을 듣겠냐고!'

그럼 방법은 뒤에서 공작하는 거지. 그렇게 할 수밖에 없도록 상황을 만들어주는 것.

귀찮기는 하지만, 그게 가장 안전하고 알리의 자존심을 건드리지 않는 방법이었다.

'알리! 잔바람이라고 했죠?'

하지만 이 또한 지나가리라 하고 무시하기에는 그 바람이 너무 거셌다.

나도 사실 깜짝 놀랐다고!

그런 반응이 있을 거라고 상상이나 했던가?

물론 그게 부자들이 모이는 중동의 호텔이라는 무대였기에 가능했으리라.

호텔 '로열 쿠웨이트'에 전시된 작품이 선풍적인 인기를 끈 것은 순전히 운이었다.

물론 압둘은 나름의 계산이 있었기에 전시했겠지만.

'이건 충분히 먹힌다. 고객에게 어필할 수 있다!'라는 확신 말이다.

'천생 장사꾼이 아닐 수가 없어. 인정한다.'

내 작품으로 고객을 끌어모은 건, 그의 수완이니까.

나라면?

'생각도 못 했는데, 무슨 비교가 되겠어?'

하지만 그의 그 계획은 내게도 인식의 변화를 일으켰다.

뭐냐고?

'내 작품이! 한국적인 아름다움이 세계에 확실히 먹힌다는 거지.'

그걸 확실하게 확인하는 성과를 거뒀다.

'운이 좋아 잔바람을 일으켰지만, 알리 당신에게는 모래폭풍을 일으켜 주지.'

눈에 보이는 가능성에 가슴이 부풀어 올랐다.

내 안의 김성훈이 물었다.

'야! 시장조사는 어떡하고! 맨땅에 헤딩할 생각이냐?'

되레 그에게 반문했다.

'시장조사? 그게 왜 필요한데? 압둘이 이미 다 확인시켜 줬는데!'

'로열 쿠웨이트'가 중동의 고객들을 싹쓸이해간 마당에, 더 무슨 시장조사가 필요할 것인가?

그에게 말했다.

'지금은 서둘러야 할 때라고!'

한시가 급했다.

박람회에서의 성공을 봤으니, 다른 기업에서도 나처럼 전통문화를 상품화시키는 곳이 나올 것이다.

'한국인의 모방 실력도 어느 나라 못지않다고!'

그것도 같은 한국의 것임에야, 나를 앞지르는 것은 금방일 것이다.

그 전에 내 브랜드를 세계인의 뇌리에 박아두어야 한다고.

한국 전통문화 하면 바로 '김성훈'이라는 이름 석 자가 머리에 떠오르도록 말이다.

'어영부영 시간을 허비하다가는 상한가에 주식을 팔지 못한다고!'

승부는 한순간에 이루어지는 거니까.

아크람을 설득시킬 수만 있다면, 알리는 앞으로도 계속 내 후원자의 역할을 할 수 있을 것이다.

'지금보다 더 확실하고 끈끈한 관계가 되겠지.'

타미르가 나를 불렀다.

"성훈 님. 내릴 채비를 하시지요. 이제 거의 도착했습니다."

어느새 도착했는지, 궁이 저만치서 보였다.

"이렇게 손님을 오시게 하여 죄송합니다. 응당 초대한 제가 가야 합니다만."

아크람의 미안함에 손을 내저었다.

"아니에요. 아크람이 오셨다면, 알리 때문에 제대로 할 말도 못했을 걸요."

그제야 아크람이 빙긋이 웃었다.

"그도 그랬겠지요. 하하하."

그리고 그는 나를 보며 말을 이었다.

"그럼 예행연습을 하시러 오셨으니, 이쪽으로……."

그의 말에 뜨악할 수밖에 없었다.

'정말로 복잡한 예법이 있는 건가? 형식적인 건 딱 질색인

데…….'

그를 보며 눈을 동그랗게 떴다.

"아크람! 진짜로 연습을 하시게요. 그냥 간소하게 인사 예법만 익히면 안 될까요?"

아크람이 미소를 지었다.

"사실 특별한 예법은 없습니다. 이슬람에서는 타인의 종교를 존중하지요."

"아! 그렇습니까?"

유대교와는 달리, 다른 종교에 대해 관대하다는 이야기는 들었다.

'그럼 시아파 수니파 하는 건, 내부 교리에서 갈등이 빚어지는 건가?'

이런 쪽으로 둔감했고 관심도 없었으니, 내가 그런 걸 알 리가 없었다.

아크람이 조용히 고개를 끄덕였다.

"거기다 성훈 님은 귀빈이시니까요. 최대한 존중해 드려야지요."

"하지만 제가 토브를 입고 구트라를 착용한다고 해서 결례가 될까요?"

물론 아크람에게 점수를 따기 위한 말이었다.

'난 국왕에게 잘 보일 충분한 이유가 있지.'

알리도 충분히 좋은 후원자가 될 수 있지만, 국왕도 내 편으로 만들어 두면 금상첨화일 터!

'2대를 쌓은 신뢰는 쉽사리 무너지지 않지.'

자신들의 문화를 존중해 주겠다는데, 과연 국왕이 싫어할까?

생각대로 아크람은 환하게 미소를 지었다.

"그거야말로 무슬림들을 대할 때, 최고의 존중이겠지요. 왕족들이 성훈 님을 보는 시선도 확연히 바뀔 것입니다."

딱히 요구하지는 않지만, 해서 결례가 될 것은 없었다.

"사우디아라비아 전통을 존중한다면, 우리나라의 전통도 존중받겠지요."

그 말에 아크람이 싱긋 웃었다.

더 무슨 말이 필요하랴!

"역시 예의를 아시는 분이시군요."

나는 그저 내가 존중받는 방법을 택한 것이었다.

아크람이 말을 이었다.

"그럼 진짜로 예행연습을 하러 가볼까요?"

"네? 여기서 하는 게 아니었나요?"

"인사를 하려면 상대방이 있어야지요. 실은……."

'실은?'

아크람이 말을 이었다.

"국왕 전하께서 성훈 님을 은밀히 보시기를 원하셨습니다."

그의 말에 미간을 좁혔다.

'예상에 없었던 일인데?'

원래 아크람과 의논을 하려고 했었다.

'아크람만으로도 충분하다고 생각했으니까.'

물론 그림자인 아크람보다는 국왕 본인을 만나는 것이 이야기는 빠를 것이다.

하지만 예상하지 못했던 부분이라 약간 당황이 되는 것도 사실이었다.

하지만 이어지는 아크람의 말에 망설임을 접을 수 있었다.

"실은 알리 왕자님의 일로 걱정이 많으십니다. 성훈 님의 고견을 듣고자 하십니다."

순간 가슴이 두근거렸다.

'이건 기회다.'

아니, 위기일 수도 있지.

새로운 삶에서 만난 사람 중에 가장 영향력이 큰 사람이 아닐까?

과연 나의 역량으로 그를 상대할 수 있을까?

특별한 능력이 있는 사람이 아님에도, 몸이 위축되는 것은 어쩔 수 없었다.

내 얄팍한 지식이나 경륜이 드러나는 것을 두려워하는 건지도 모른다.

이런 내 기분을 알아차린 건지, 아크람이 물었다.

"다음으로 미룰까요?"

천천히 호흡을 가다듬었다.

그리스에서 대부를 만날 때보다 긴장되는 건가?

적어도 그들처럼 무도한 사람은 아니겠지.

양날의 검을 앞에 두고 손을 내밀었다.

'겁내지 말고 부딪치자고. 도든 모든 윷을 던져야 결과가 나오는 거잖아.'

아크람의 말에 고개를 저었다.

"아뇨. 지금이 적절한 때인 것 같습니다."

사우디아라비아 전통 복장을 착용하며, 아크람에게 왕을 만나면 존경을 표해 달라는 당부를 재차 들었다.

"사실. 그게 전부지요. 외국인에게 철저한 이슬람 예절을 강요할 정도로 그런 속이 좁은 분은 아닙니다."

그리고 아크람의 안내에 따라 국왕의 서재로 향했다.

서재에는 전통 복장을 한 남자가 의자에 기대어 창밖을 내다보고 있었다.

저 사람이 왕이리라.

아크람이 내가 온 것을 알렸다.

"전하. 성훈 님을 모셔 왔습니다."

잠시 후, 의자가 천천히 내 쪽을 향해 돌아섰다.

갈색 피부에 주름진 이마.

후덕해 보이지만 관자놀이에 어렴풋이 보이는 검버섯.

하얀 수염 안의 꾹 다문 입술은 강한 의지를, 그와 상반되게 눈동자를 살짝 덮은 꺼풀은 그의 온화함을 대변하고 있었다.

'이 사람이 사우디아라비아 역사상 최장 기간 집권한 왕인가?'

그의 재위 기간 동안 사우디아라비아는 전성기를 누렸다.

물론 그게 석유 때문이라고 해도 별다를 바는 없을 것이다.

위엄 있는 얼굴이었지만, 긴장되지는 않았다.

'알리가 나이를 먹으면 저 얼굴이 되겠군' 하는 생각이 절로 들 정도로 똑같이 생겼으니까.

아크람이 국왕에게 가기 전 내게 작게 속삭였다.

"파흐드 빈 압둘아지즈 알사우드 국왕이십니다. 일어서시면 인사를 건네시지요."

그리고 그는 지팡이를 짚고 일어서는 국왕에게 다가가 팔을 부축했다.

국왕에게 다가가 정중히 고개를 숙였다.

"반갑습니다, 김성훈입니다. 처음 뵙겠습니다."

그는 나를 보며 흐뭇하게 미소 지었다.

"드디어 만나게 되었구려. 반갑소, 성훈 군. 파흐드라 부르시오."

"저도 만나 뵙게 되어 영광입니다. 말씀을 편하게 해주십시오."

아크람이 조용히 시간이 많지 않음을 말했다.

"전하. 궁에 눈들이 많습니다. 잠시 인사차 들렀다고 얘기해 두었사오니……."

"알겠네. 아크람."

짐작 가는 것이 있었다.

'호랑이가 늙어 자리를 비울 날이 길지 않았으니, 그 새끼들이 호시탐탐 빈자리를 노리겠지.'

어느 나라라고 다르랴!

국민이 선출하는 왕이 아닌 바에야.

"일단 왕가 문양에 대한 감사는 해야 하지 않겠나?"

나를 돌아보며 손을 내밀었다.

"고맙소. 성훈 군. 왕가 문장을 새롭게 디자인해 주어 고맙소."

"만족해 주셔서 감사합니다. 저 또한 새로운 경험이었습니다."

그로 인한 수익보다는 알리와 이어질 수 있었던 명분이 내게는 더 의미 있었다.

그에게 감사의 인사를 건넸다.

파흐드 국왕이 말했다.

"시간이 없으니, 거두절미하고 본론만 말하겠네."

그리고 아크람이 바로 말을 이었다.

"성훈 님. 여기서 나눈 대화는 비밀에 부치셔야 합니다."

입조심을 요구하는 아크람에게 고개를 끄덕였다.

"저도 이 일로 알리가 쓸데없는 견제를 받는 걸 원하지는 않습니다."

아크람이 조용히 왕의 옆으로 시립했다.

국왕의 눈을 직시하며 다음 말을 기다렸다.

"난 자네가 알리의 든든한 후원자라 생각하네."

"네?"

"자네로 인해서 알리는 지금의 자리에 있을 수 있었지."

"무슨 말씀이신지?"

아크람이 눈짓하며 말했다.

"자세한 건 따로 말씀을 드리겠습니다. 성훈 님."

그의 말에 고개를 끄덕였다.

"네. 알겠습니다."

왕의 말이 이어졌다.

"나는 알리를 다음 왕으로 세웠으면 한다네. 이제 나도 알라의 곁으로 갈 날이 얼마 남지 않았으니, 후사를 준비해야지."

"아직 정정하십니다."

내 입바른 소리에 왕이 너털웃음을 터뜨렸다.

"허허허. 내 나이 여든일세. 언제 부름을 받아도 늦은 건 아니지."

그는 내가 아는 역사대로라면 5년 동안은 건재할 것이다.

'그동안 알리에게 충분히 힘을 실어주시고 가셔야 합니다. 전하.'

왕이 말했다.

"정말 그렇게 생각하는 모양이군. 정정하다고."

"네. 전 그렇게 생각합니다."

"훗. 고맙네. 그리 봐줘서. 아까 하던 얘기를 마저 하지."

"네. 말씀하시지요."

"알리에게는 지금이 최대 위기가 아닌가 싶네."

"전하께서 도와주시면 되지 않습니까?"

국왕이 씁쓸한 미소를 지었다.

"그게 또 대놓고 도와주기는 곤란한 상황이지."

아크람이 머쓱하게 웃으며 말했다.

"성훈 님께 말씀드리기 어려운 사정이 있지요."

"이해합니다. 아크람."

왕이 다시 말을 이었다.

"게다가 녀석은 다른 자식들과는 다르다는 말이지. 안 그런가? 아크람."

"네. 맞습니다. 성훈 님. 알리 왕자님은 전하께 기대지 않고 스스로 기업을 일군 유일한 왕자이십니다."

'엥? 무슨 능력으로?'

믿을 수 없다는 내 표정을 보고, 아크람이 설명을 이어갔다.

"적어도 왕궁의 재정에 손을 벌리지 않았습니다. 그것만 해도 대단하신 분이지요."

말이 안 되잖아.

그렇게 손 벌리지 않고, 무슨 수로 수백억 달러에 달하는 호텔을 짓는다는 말인가?

아크람이 설명했다.

"알리 왕자님의 종잣돈은 자신이 받은 용돈과 어머님 앞으로 되어 있는 저택으로 마련한 돈이었습니다. 직접 전하께 손을 벌린 적이 없지요."

"아!"

"다른 왕자님들이 유전을 하나씩 꿰차고, 국고에 손을 대는 것과는 사뭇 다른 행보를 보이셨지요. 그분은 수많은 왕자 중에 유일하게 홀로서기를 해내신 분입니다."

국왕이 왜 알리를 신뢰하는지 알 것 같았다.

그의 표정이 말하고 있었으니까.

"응. 맞아. 내 아들 중에서 유일하게 내게 기대지 않고 자수성가를 했지. 다른 아들들과는 차원이 달라."

아크람이 그의 말을 거들었다.

"외람된 말씀이오나, 다른 왕자들이 알라께서 주신 것을 소비하고 있을 때, 알리 왕자께서는 그것을 바탕으로 다른 사업을 활성화시켰지요."

"그래. 시작은 호텔 하나였지만, 그 호텔에 고객을 편하게 유치하기 위해 유람선과 여객기 사업도 확장했지."

"그리고 관광산업으로 인해 생기는 부가 효과 또한 이루 말할 수 없지요."

"그럼. 석유 수출로 버는 돈보다 많다고 볼 수는 없지만, 알리 왕자님의 사업으로 인해 파생되는 일자리까지 헤아린다면, 그 효과는 가히 유전 사업과 비견된다고 할 것입니다."

이 두 노인의 입에서는 알리에 대한 칭찬이 줄줄이 이어지고 있었다.

'아까 시간이 없다고 한 사람은 아크람이었는데……'

지금은 제 자식 칭찬이라도 하는 것처럼 화기애애한 얼굴에 미소를 띠고 있었다.

나도 그들의 대화를 들으며, 흐뭇하게 미소 지었다.

'그냥 대형 물주인 줄 알았는데, 이러면 평가가 달라지는걸.'

A급 물주에서 스페셜급 물주로 말이다.

'왕가의 지원 없이도 이렇게 성장했는데, 왕이 되면 얼마나 더 크겠냐고!'

도와주고 싶은 마음이 부쩍부쩍 들지 않을 수 없었다.

하지만 지금은 알리 자랑을 들으며 시간을 허비할 때가 아니었다.

그들이 급한 만큼 나도 급했으니까.

상황을 종합해 본 알리의 상황은 느긋하게 대처할 것이 아니었다.

'그런데도 저렇게 느긋하게 이야기하다니. 어휴. 우리나라에서는 자식 자랑하면 팔불출이라고 합니다. 어르신들.'

자식을 보는 부모의 마음이 나라마다 다를까?

아쉽지만 그들의 대화를 끊으며 말했다.

"전하. 시간이 얼마 없으니, 직접적으로 여쭙겠습니다. 제게 원하시는 게 뭔지 여쭤 봐도 되겠습니까?"

"사면초가에 처해 있는 알리를 도와줄 수 있겠나?"

진지한 물음이었다.

'그러기 위해서 아크람을 만나려 했던 겁니다.'

물론 나의 미래를 위해서도 반드시 필요하다.

하지만 이들에게 확신을 가질 필요가 있었다.

'나만 잘해서 되는 일이 아니거든. 이들이 나를 얼마나 믿어주는지도 중요하지.'

"전 건축가입니다."

그들에게 운을 떼었다.

"제가 도울 수 있는 일은 건축밖에 없을 것입니다. 과연 큰 도움이 되겠습니까?"

내 말에 왕이 빙긋 웃음 지었다.

"그래서 자네를 보고 싶었던 걸세."

아크람이 그의 말에 설명을 덧붙였다.

"맞습니다. 성훈 님께서 도와주신다면, 아무도 알리 왕자님을 경계하지 않을 것입니다. 지금 국내에서는 대놓고 알리 왕자님께 손을 내밀어줄 수 있는 사람이 없습니다."

국내에서는 안 되니, 국외에서의 도움이 필요하다는 말이었다.

"하지만 이번 일은 제 작품 때문에 생긴 일입니다. 제가 원망스럽지 않으십니까?"

"그건 알리의 선택이었지."

내 눈을 직시하며 국왕은 말을 이었다.

"자네는 알리에게 분명히 기회를 주었고, 그 기회를 획득하지 못한 것은 알리이니, 누굴 원망할 일이 아니지."

"하지만 그 때문에 생긴 것은 확실하지 않습니까?"

"아니. 그 일로 자네를 원망할 생각은 추호도 없다네. 알라께서 주신 시험이니, 응당 감사함으로 받아야지."

'훗! 누가 부자간 아니랄까 봐.'

둘이 똑같은 말을 하고 있었다.

왕이 말을 이었다.

"나는 오히려 기대하고 있다네. 이 시험을 넘긴 알리가 얼마나 성장할지 말이야."

"알겠습니다. 그러면 저는 알리 왕자와 계획했던 일을 진행하겠습니다."

왕이 내 어깨를 쓰다듬으며 말했다.

"그래. 자세한 건 아크람과 상의를 하게나. 아무래도 알라께서는 자네와 알리의 인연을 선하게 이어두신 것 같아."

"일이 마무리될 때까지 알리의 신상에 문제가 없도록 깊은 관심 부탁드립니다."

"오히려 내가 할 말을 하고 있군. 신경 써 줘서 고맙네. 일이 마무리되고 나면, 내 자네에게 반드시 마음의 표시를 하겠네."

"최선을 다하겠습니다."

인사를 마치고 일어서는데, 국왕이 재차 당부했다.

"모쪼록 티 나지 않게 알리를 도와주게나."

아들이 그동안 이뤄놓은 것이 다치기나 할까 전전긍긍하는 모습이었다.

"그의 자존심이 상하지 않게 잘 처리하겠습니다."

"그래. 그래. 그거면 된다네."

왕과 헤어지고 연회장으로 향했다.

가는 도중에 아크람이 물었다.

"성훈 님. 아까 말씀을 들어보니, 이미 계획이 서 있는 것 같던데……."

그의 말에 뒤돌아보며 빙긋이 웃었다.

"궁금하십니까?"

아크람도 눈썹을 휜 채 마주 보고 웃었다.

"아무렴요. 알리 왕자님의 미래가 걸린 일이니까요."

나도 말해 주고 싶었지만, 지금은 극비리로 진행되어야 하는 사안이었다.

'지금 내 뒤에 후발주자가 있을 텐데, 함부로 진행해서 날파리가 끼어드는 건 사양이라고.'

알리는 당연히 나를 선택한다고 해도, 다른 왕자나 갑부가 이 일을 진행해 버리면 말짱 도루묵이 될 수도 있었다.

과연 그들이 대목장 같은 목수를 구할 수 있을 것인가?

'대충 비슷하게 만드는 사람을 찾겠지.'

외국인들이 보기에는 그게 그거 같을 테니까.

그 뒤의 상황은 불을 보듯 뻔하다.

대충 얼기설기 만들어진 작품을 한국의 미라고 떠들어 대겠지.

아직은 그런 모형만을 생각하지, 이처럼 호텔의 인테리어를 한다고 생각하지는 않을 테니까.

'그 정도로 대규모의 투자를 하지도 않을 테고.'

하지만 투자자가 있다고 하면, 상황이 달라진다.

투자금의 회수가 짧은 시간에 이뤄진다는 확신이 들면, 준비가 덜 된 후발주자라도 공사를 하기 위해 뛰어들 것이다.

'그렇게 날림 공사를 치고 빠지기 식으로 하게 되겠지.'

응당 원조가 되어야 할 내 작품은 좀 괜찮은, 품질 좋은 작품이 되어버리고 만다.

"아크람."

"네. 말씀하시지요. 성훈 님."

"당신이 신뢰할 수 있는 사람이란 건 알아요."

적어도 그가 죽었을 때의 모습을 본 나는, 아크람이라는 인물이 얼마나 심지가 굳은 사람인지를 알고 있었다.

그의 인자한 웃음을 보며 말을 이었다.

"그래도 이 일은 알리와 단둘에서 상의를 하고 싶네요."

그는 알았다는 듯, 조용히 고개를 끄덕였다.

"알겠습니다. 낮에는 새가 있고, 밤에는 쥐가 있지요."

"이해해 주셔서 감사합니다."

오히려 그는 고개를 저었다.

"저야말로 감사합니다. 알리 왕자님께 이런 믿음직한 동반자가 있다는 것은 실로 알라의 축복이 아닐 수 없습니다."

'크. 이 아저씨가 사람 얼굴 부끄럽게.'

하지만 이런 일로 얼굴이 붉어져 속내를 들킬 수는 없는 법.

'그래. 동반자 맞잖아! 뭐!'

"저야말로 알리 왕자와 인연이 닿아서 고마울 따름이지요. 평생을 함께 갔으면 좋겠습니다."

하고픈 말을 목으로 삼켰다.

'초 S급 고객으로 말이죠.'

아크람이 손을 내밀며, 다시 길을 청했다.

"저 아이가 응접실로 안내해 드릴 겁니다. 잠시 쉬고 계시면, 제가 다시 오도록 하겠습니다."

그리고 안내자에게 말을 이었다.

"아주 특별한 귀빈이시니, 불편하시지 않도록 최선을 다하게나."

안내자의 인사를 받으며, 아크람을 발길을 돌렸다.

응접실 소파에서 밖을 내다보며, 알리와 어떤 말을 할 것인지 고민하고 있었다.

'연회 시간이 다 되었나 보군.'

왕궁 앞 주차장으로 삐까번쩍한 슈퍼카들이 줄지어 들어오고 있었다.

"씁쓸하네. 쯧!"

저렇게 살면 무슨 재미가 있을까?

태어날 때부터 모든 걸 가질 수 있으니, 성취감이라는 것이 있을까?

하지만 이내 고개를 저으며 거울 앞에 섰다.

"타고난 복인 걸. 뭐 곧 부르러 오겠네."

거울에 비친 나를 보며, 이리저리 옷태를 살폈다.

"제법 잘 어울리네."

순백의 토브 심장 어림에 내 디자인이 새겨져 있다.

쿠트라를 쓴 머리를 쓰다듬으며 중얼거렸다.

"지금 난 행복하다고."

자위가 아니라, 진심이었다.

지난 삶에서 하지 못했던 것들을 지금 모두 하고 있는데, 뭐가 부러울까?

세상에 나같은 사람이 또 있으려고.

"이런 삶도 괜찮잖아."

하고 싶은 일이 있고, 그걸 이루어갈 재능과 노력할 수 있는 의지 또한 굳건하다.

"거기다 날 도와줄 사람들도 많다고. 저 사람들보다야 내가 백 배는 행복하지."

똑! 똑!

문 두드리는 소리가 들리고 시종이 모습을 드러내고 인사를 건넸다.

"잘 쉬셨습니까? 이제 가셔야 할 시간입니다."

왕은 아직인 모양이었다.

어수선한 분위기에서 삼삼오오 모여 이야기들을 나누고 있었다.

"성훈!"

'알리인가?'

여기서 내 이름을 평대로 부를 사람은 둘뿐이다.

알리 아니면 압둘.

좀 더 굵직한 목소리로 보아 알리임이 분명했다.

그에게 인사하며 말했다.

"일찍 오셨네요. 일은 잘 마무리되었어요?"

"응. 잘 처리했네."

그는 근엄한 얼굴로 왕이 등장하는 왕좌 옆의 출입문을 보며 말하고 있었다.

그저 지나가다 잠시 인사나 나누는 것 마냥.

다른 사람이 본다면 그렇게 보리라.

나도 그와 함께 같은 방향을 보며 말을 이어갔다.

"그 일도 당신 호텔에 관련된 일인가 보죠?"

콧수염의 꿈틀거림이 곁눈질에 들어왔다.

"사실은 그 일 때문에 온 걸세."

그는 정면을 직시하며 말을 이었다.

"나중에 아바마마와 인사를 하고 나면, 다른 형제와도 인사를 해야 할 테니, 자칫하면 못 볼 수도 있다고."

그는 주변을 눈으로 훑더니 내게 물었다.

"성훈. 내 집사에게 들었네. 나를 위해 사업을 구상한 게 있다면서?"

일부러 그에게 들어가라고 한 말이지만, 집사는 지극히 주관적인 관점으로 전달한 모양이다.

'뭐. 날 위해 만든 일이지만, 당신을 위한 것도 맞죠.'

시치미를 뚝 떼며 말했다.

"당신의 일에 도움이 될까 해서, 생각한 게 있기는 해요."

"그런 게 있으면 진작 내게 말을 했어야지. 이 친구야. 뭔데?"

"그럴 시간이 없었잖아요."

투덜거리는 말이었지만, 사실 그가 이런 반응을 보이기를 원하고 있었다.

내가 먼저 말하기 싫었거든.

'영업하러 왔으니, 일 좀 주세요.'라고.

굳이 부탁하지 않아도 되는데, 내가 왜?

물론 지금 알리가 다급한 상황이라는 것을 이용하는 면도 없잖아 있었다.

'하지만, 이런 때가 아니면 언제 이 인간한테 부탁이라는 걸 들어보겠어? 안 그래?'

그리고 부탁을 하면 나중에 신세를 갚아야 한다.

'빚지는 것보다 지우고 더 좋잖아!'

그가 재촉하며 말했다.

"자. 이제 말하라고."

힐끗 쳐다 보니, 그의 눈동자가 반짝거리고 있었다.

"너무 큰 기대는 하지 마세요. 진짜 특별한 거 아니니까."

내 말에 알리는 콧방귀를 끼며, 자신의 가슴을 가리켰다.

"킁! 그래. 자네한테는 별 게 아니겠지. 이 문양도 고작 십여 분 만에 만들어낸 거니까."

그 별 게 아닌 게 뭔지 들어나 보자는 투였다.

'이제부터 시작이지.'

내 제안이 그의 마음에 들어야 다음 이야기의 진척이 있을 것이다.

아무리 나를 마음에 들어 한다고 해도, 이건 그의 인생도 달린 일이니까.

'난 어디까지나 제시만 할 뿐이야.'

마음을 편하게 먹었다.

잘 된다는 확신은 있지만, 그건 내 생각일 뿐!

어쨌든 선택은 그의 몫!

'하지만 사람을 선택할 수는 없지. 그건 나만 할 수 있는 거거든.'

적어도 지금은 나 이외의 대안은 없을 것이다.

기대하는 어투에서 반쯤 넘어온 것이 느껴졌다.

"갑자기 생각이 든 거지만, 이건 다른 사람보다는 알리가 하는 게 어떨까 하는 생각이 들었어요."

목이 탔던지, 알리는 지나가는 시종의 쟁반에서 물잔을 들어 벌컥 마시고 물었다.

"준비됐어. 말해 보게."

"압둘 왕자 호텔에 전시된 제 작품 아시죠?"

알리의 얼굴에 화색이 돌았다.

"그럼! 당연히 알지. 그거랑 똑같은 거 나한테도 만들어주려고?"

동일한 작품이 있었다면, 압둘에게 밀리지 않았을 거라는 계산이 있어서 이리라.

'물론 그것도 나 말고는 대안이 없기는 하죠.'

다른 팀이 만들어서는 그런 품질을 기대하기 어렵겠지.

아니라는 말을 하기도 전에, 그는 다급히 말을 이었다.

"그거라면 좋아. 오백만 달러가 들어도 좋아. 내가 당장 구매하지."

압둘의 이백만 달러의 2.5배를 제시하는 알리였다.

'아이고. 왕자님. 성급하기는…….'

이게 압둘과 확연하게 구분되는 점이었다.

호탕하고 베팅을 잘하는 반면, 세밀한 곳에서 압둘보다는 배려가 부족했다.

'그랬다가는 압둘 왕자랑 싸움 나죠. 그건 생각 안 해보셨습니까?'

물론 압둘과의 다툼을 두려워할 알리도 아니지만, 그런 어이없는 것으로 둘의 사이가 벌어져서는 안 된다.

'그러면 난 두 고객을 동시에 잃어버리는 꼴이 된다고요.'

그의 말에 웃음을 얼버무리며 말을 이었다.

"아뇨. 그것보다 더 손이 많이 가고, 시간도 많이 걸리는 거예요."

"다른 모형인 건가? 흐흐흐. 녀석 것보다 더 큰 거겠지?"

생각만으로도 흐뭇한지, 그의 입은 초승달처럼 휘어져 있었다.

그의 말에 고개를 저었다.

'고작 오백만 달러 때문에 여기까지 왔겠어요?'

고작 오륙십억으로 누구 코에 붙이겠어.

전혀 내 성에 차지 않는다.

'그리고 그런 걸 영업했다고 들고 갔다가는 사장에게 비웃음을 당한다고요.'

"그럼 뭐야?"

조급한 티를 내지 않으려 근엄한 얼굴로 안간힘을 쓰고 있었지만, 목소리에서 단내가 났다.

'역시 그는 전통 건축에 포커스를 맞추고 있군. 이러면 더 이야기가 쉬워지지.'

"알리. 만약에 말이에요. 그 모형이 실재한다면 어떤 느낌일까요?"

"실재?"

"네. 갑돌이의 눈으로 봤던 것과 똑같이 말이죠."

그는 눈을 감은 채 미간을 좁혔다.

그때의 기억을 되살리고 있는 모양이었다.

"그게…… 실제로 구현된다는 말이지?"

잠시 후 그가 눈을 떴다.

그의 푸들푸들 떨리는 콧수염이 그의 감정을 대변하고 있었다.

여전히 정면을 응시한 채, 그가 말했다.

"크크크. 그게…… 진짜로 가능하다는 말이지?"

"네. 당신이 투자를 한다면요."

슬며시 내 쪽으로 고개를 돌리며 다시금 물었다.

"압둘 녀석의 모형을 실제 사이즈로 구현하겠다. 그거지?"

"네! 그것도 어중이떠중이가 아니라, 대한민국 최고의 장인들이 공사를 담당하게 될 겁니다."

그의 반응을 보며 말을 이었다.

"물론 하게 된다면 말이죠."

"성훈. 그건 말이야. 대박이야. 당장 계약하지."

호탕한 성격답게 계약을 언급했다.

'이거 일이 너무 일사천리로 진행되는데.'

나중에 일이 잘못되면 날 탓하려는 거 아니야?

알리에게 넌지시 물었다.

"아무리 사정이 급하다고 해도 시장조사는 해봐야 하는 것 아닙니까?"

"시장조사를 어떻게 하려고? 전 세계인을 상대로 리서치라도 할 건가?"

나도 예의상 물어본 말이라, 그저 어깨를 으쓱했다.

'구체적으로 방법을 찾으라면 그것도 방법이겠지만, 거기

까지는 생각하지도 않았다고요.'

돈 많은 관광객을 상대로 무슨 조사를 해야 할까?

'사실 필요하다고 생각하지도 않지만.'

그사이 알리가 말을 이었다.

"그리고, 그딴 게 왜 필요해. 이미 녀석의 호텔에서 답이 나왔는데. 당장 시작해 주게."

내가 할 말을 그는 이미 알고 있었다.

'이런 쪽으로는 또 결단이 빠르다는 말이지.'

그의 오랜 사업 경험에서 나온 확신이었다.

성공에 대한 확신!

"그럼. 구체적인 건 설계를 진행하면서 상의하도록 하죠."

알리도 고개를 끄덕이며 동의했다.

"그래야지. 이건 사람 사는 집이니까. 그깟 모형하고 비교하면 안 되지. 암!"

그 모형의 설계자 앞에서 작품을 까내리고 있었지만, 그는 그런 것 따위는 안중에도 없을 정도로 기분이 좋아보였다.

그는 언제 그랬냐는 듯, 다시 정면을 응시한 채 중얼거렸다.

"이 이야기는 압둘에게 해도 상관없겠지?"

"당신이 상관없다면요."

이미 말했다시피 우선권은 그에게 있었고, 압둘에게만 말하는 것은 내게도 상관이 없었다.

'오히려 그가 알고 있는 게 좋지.'

압둘이 있어야 알리를 제어할 수 있다.

서로 지기 싫어하기에, 팽팽한 균형이 유지될 수밖에 없었다.

'거기다 압둘은 보험이지.'

사우디아라비아의 상황은 내가 제어할 수 있는 문제가 아니었고, 왕과 아크람이 최선을 다해 알리를 돕겠노라 약속했지만, 언제나 그러하듯 미래는 예측이 불가능하다.

'만에 하나라도 알리에게 문제가 생긴다면, 작품이 공중분해 되어버린다고.'

시치미 떼며 물었다.

"하지만 굳이 얘기할 필요가 있을까요?"

알리의 입꼬리가 삐죽 올라갔다.

"궁금하지 않나? 녀석이 어떤 표정을 지을지?"

심술궂은 웃음이 알리의 얼굴을 덮었다.

그가 팔을 들어 시계를 보며 말했다.

"녀석이 올 때가 되었는데 말이지. 흐흐흐."

압둘은 왕족이지 양반은 아니었다.

그 말을 뱉는 순간, 내 등 뒤에 익숙한 목소리가 들렸다.

"성훈!"

아랍에서 내게 평대하는 사람은 딱 둘이다.

알리.

아니면 압둘.

우리에게 다가오는 중에도 연신 다른 사람들에게 붙들려 인사를 나누고 있었다.

그런 압둘을 보며 말했다.

"저렇게 인기가 많았어요? 압둘이?"

그 모습을 보며 알리가 듬직하게 웃었다.

"쿠웨이트는 우리의 든든한 우방이니까."

비단 쿠웨이트만이 아니라, 압둘에 대한 신뢰까지 포함된 말일 터.

인파의 장벽을 헤치고 우리에게 다가온 압둘이 작게 한숨 쉬었다.

"내가 사우디아라비아에서 이렇게 인기가 많을 줄은 꿈에도 몰랐군."

하지만 알리는 아까와는 다른 말을 했다.

"흥. 차기 쿠웨이트 국왕께서 납셨는데, 오죽하겠어?"

가는 말이 고와야 오는 말도 고운 법.

압둘이라고 질 텐가?

"어디 대국 사우디아라비아의 차기 왕만 할까?"

알리는 입술을 씰룩거리며 툴툴거렸다.

"쳇. 나를 곤경으로 몰아넣은 인간에게 그런 소리를 듣고 싶지는 않군."

그저 농담에 대응을 한 것뿐인데, 저렇게 투덜대니 압둘로서도 쓴웃음을 지을 수밖에 없었다.

미안하다는 말을 하고 싶었겠지만, 지금은 어떤 말을 해도 그에게 위로가 되지는 못하는 상황이라 입맛을 다실뿐이었다.

　둘을 보고 있으니 헛웃음이 나오면서도, 한편으로는 부러웠다.

　'서로 앞에서는 좋은 말을 하지 않는군. 중년의 유치한 경쟁심인가?'

　주제를 돌리려는 듯, 압둘이 돌아보며 물었다.

　"그런데 갑자기 무슨 바람이 불어서 중동으로 날아온 건가? 성훈."

　알리가 짐짓 진지한 얼굴로 타박했다.

　"자네를 초대한 건 나라고. 나한테 먼저 고맙다고 해야지!"

　압둘도 질세라 알리에게 투덜거렸다.

　"됐네! 초대는 무슨! 성훈이 오는 줄 알았다면, 자네가 오지 말라고 해도 왔을 텐데. 오히려 너무 늦게 연락을 주는 바람에 얼마나 서둘렀는지 알아? 혼내지 않는 걸 다행으로 알라고."

　"흥. 고맙네. 혼내지 않아 줘서."

　"그건 됐고. 성훈! 쿠웨이트에도 들렀다가 가야지?"

　그 말에 알리의 얼굴이 살짝 굳었다.

　압둘도 눈치를 채고 즉시 다른 말을 둘러댔다.

　"카미가 보고 싶어 해서 말이야."

"흥."

투닥거리는 둘을 보며 생각했다.

'카미도 보고 싶기는 하지만, 아직 쿠웨이트는 시기상조야.'

지금은 알리에게 전력을 기울여야 할 때였다.

무게추가 압둘 쪽으로 과하게 기울었다고.

얼른 적절한 대응을 하지 않으면, 원치 않는 결과를 맞이하게 될 것이다.

'쿠웨이트는 다음에 또 기회가 있겠지.'

"아뇨. 압둘. 그럴 시간까지 될 것 같지 않네요. 이번에도 겨우 시간을 낸 거예요."

"잠시만 들르면 되는데, 그것도 어렵나?"

아쉬워하는 그에게 미안한 웃음으로 답했다.

"그럴 거예요. 이번에도 아크람과의 약속 때문에 억지로 온 거예요."

"아크람? 왜?"

"약속을 했잖아요. 일 년 내에 들르기로! 회사에 들어가면 도저히 짬이 안 날 것 같아서, 그 전에 들른 거예요."

"그런가? 아쉽군. 정말."

"나중에 시간이 되면 그때 방문할게요. 나중에."

기대를 하지 않게 딱 자르면 좋겠지만, 어떤 변수가 있을지 모르니 운을 띄워두는 것이었다.

아쉬운 듯 입맛을 다시는 압둘을 보며, 알리가 압둘의 뒤에서 고소한 웃음을 짓고 있었다.

"알리. 지금 웃고 있는 건가?"

알리의 반응을 예상이나 하는 듯 그는 돌아보지 않고도 정확히 짚었다.

"크흠. 누가 웃었다고 그러나?"

알리가 머쓱하게 말을 이었다.

"어쨌거나 이번 일로 차기 왕위는 확실히 굳혔겠군."

"음. 당장은 내가 경계해야 할 형제들은 없다고 봐도 되겠지. 자네가 양보한 덕분이야."

"쿵. 그게 어디 내가 결정한 건가? 더 베팅을 하고도 이런 결과를 맞았으니, 할 말이 없군. 그나저나 부왕께서 많이 기뻐하셨겠군."

압둘이 가만히 고개를 끄덕였다.

"기업을 경영하는 거나, 나라를 경영하는 거나 크게 다를 바가 없다는 게 아버지의 평소 지론이시지."

알리도 인정하듯 고개를 끄덕였다.

"시기가 딱 절묘하게 맞아떨어졌어."

"그렇지. 원유야 있는 걸 파는 거라서 걱정하지 않으셨는데, 그 외의 것을 걱정하셨지."

"영원히 기름이 나오지는 않으니까. 그래서 자네 부왕께서는 관광을 중시하셨지."

압둘이 고개를 끄덕였다.

"그렇지! 유가 폭락 때문에 염려를 많이 하셨는데, 그 와중에 내 호텔에 손님들이 몰린 거지."

"하긴! 일 년 치 숙박비를 미리 받았으니……. 쩝."

"덕분에 급한 위기는 면했다네."

"위기는 무슨! 사상 초유의 흑자라고 떠들어대던데. 이번 예약금만 해도 지난 삼 년 치 숙박비를 넘어선다면서?"

부러움 가득한 알리의 말에 압둘이 눈썹을 으쓱이며 말했다.

"왜? 난 겸손하면 안 되나?"

"그나저나 예약이 얼마나 밀린 건가?"

부러운 눈초리로 알리가 물었다.

"뭐. 앞으로 일 년은 예약 불가능!"

"크. 잘됐군. 그래. 그렇게 노력했는데. 알라의 축복일세."

"그러게. 이래서 시설보다 콘텐츠가 중요하다니까! 그렇게 고객을 유치하려고 돈을 뿌릴 때는 반응이 시큰둥하더니, 지금은……. 크."

차마 알리 앞에서 더 자랑할 수는 없었던지, 압둘은 뒷말을 흐렸다.

"시기가 시기였던지라, 부왕의 눈에 확실히 들었지."

"압둘. 자네 위상이 더더욱 굳건해졌겠군."

"응. 이제 우리가 약속했던 아라비아 반도의 평화가 머지 않았네."

"그렇지. 자네와 나만 의지가 굳건하다면, 언젠가 이루어질 일이지."

"그러려면 알리, 자네가 반드시 왕이 되어야 하네."

압둘의 격려에 알리는 꾹 다문 입술로 고개를 끄덕였다.

"그래서? 해결책은 찾은 건가?"

알리의 호텔을 살릴 방도를 묻는 것이리라.

"아니. 아직은 없지……."

"끄응. 문제로군."

압둘의 진심이 묻어나는 염려였다.

친우의 고난에 안쓰러웠던 것인가?

알리는 그의 어깨에 손을 올리며 말했다.

"하지만 걱정 말게."

"어떻게 걱정을 안 할……."

그의 말이 채 끝나기도 전에, 이번에는 내 어깨에 손을 얹으며 말을 이었다.

"여기 내 구세주가 있질 않나?"

내가 황당한 눈으로 알리를 돌아보았다.

"내가 왜 당신 구세주죠? 난 단지 아크람 때문에 온 거라고요."

일을 딸 때 따더라도, 튕길 때는 튕겨야지.

'이 순간을 위해서 단 한 번도 조급한 모습을 보이지 않으려 노력했다고.'

"날 이리 곤경으로 몰아넣었으니, 끄집어내는 것도 자네 손으로 해야지."

지금 알리의 얼굴 어디를 봐서 곤경이라는 단어가 떠오를까?

"엄살 부리지 마요. 덩치는 산 같은 양반이."

내 농담에 대한 답은 다른 곳에서 나왔다.

"성훈. 나도 부탁하네. 알리, 이 녀석이 앓는 소리를 안 해서 그렇지. 지금 상황이……."

알리가 그의 말을 손으로 막았다.

"내가 직접 말하지. 성훈!"

"네. 말씀하세요."

둥근 테이블을 사이에 두고, 알리가 내 손을 꼭 잡았다.

"한 번만 살려줘."

"네?"

먼저 부탁하기를 바라기는 했지만, 그의 입에서 이런 말을 직접 들을 줄이야.

알리의 손 위로 압둘의 것도 겹쳐졌다.

"나도 이리 부탁하네. 이 일은 우리 쿠웨이트의 반백 년 평화도 달려 있다네."

농담처럼 들리던 알리의 말이 압둘의 무게까지 더해지자, 더 이상 농담처럼 들리지 않았다.

'흠. 정말 심각한 모양이네.'

외부에서 느끼는 것과 본인의 온도 차는 다를 수밖에 없으리라.

지금이 최적의 타이밍이었다.

사람이란 아이러니하게도 자신이 극한상황까지 몰렸을 때 구해준 사람을 가장 오래, 그리고 강하게 기억한다.

불길을 죽이기 위해 백방으로 뛰는 수많은 소방관들보다, 그 불 속을 걸어 들어와 준 단 한 명만이 기억에 남는다는 말이지.

'아마도 가장 절박한 순간, 뇌리에 각인되기 때문이겠지.'

가장 아래 있던 내 손을 빼내어 다시 둘의 손등 위에 겹치며 말했다.

"확실하지는 않지만, 방법은 있어요."

"정말인가?"

입을 맞춘 듯, 동시에 놀라는 두 왕자의 눈에 생기가 돌았다.

큰 기대는 하지 않은 모양이었다.

이렇게 눈이 휘둥그레 해지는 걸 보니.

'이 양반들이! 그냥 떠본 거냐?'

압둘의 입이 먼저 열렸다.

"뭔가? 그 방법이!"

"거 봐! 압둘! 내가 성훈이라면 방법이 있을 거라고 했지!"

말없이 알리의 눈을 직시했다.

'지금의 절박한 순간을 잘 기억하라고.'

누가 당신을 구원했는지!

당신의 뇌리에서 나, 김성훈을 지우지 말라고.

알리가 말한 구세주라는 말이 농담이 아니길 빌었다.

이 둘과의 관계는 내게도 중요한 의미가 있었다.

'한동안 중동에서는 초고층 호텔을 경쟁하다시피 짓거든. 넘쳐나는 오일머니를 쓸 곳이 없었는지 몰라도.'

당사자인 알리보다 압둘의 눈빛이 더 간절했다.

"속이 바짝바짝 타는군. 얼른 말해 보게."

알리가 친우의 얼굴을 보며 멋쩍게 웃었다.

"누가 보면 자네가 내 처지라고 착각하겠어."

"자넨 뭐가 그리 느긋해? 지금 속으로는 똥줄이 탈 지경이면서."

"그래도 방법이 있다니 다행이지 뭔가?"

알리가 나를 돌아보며 말을 이었다.

"이제 그만 뜸 들이고. 말해 보게. 그 방법이 뭔지."

하지만 나는 압둘에게 얼굴을 돌렸다.

"먼저 압둘에게는 양해를 구해야겠네요."

그 말에 화들짝 자리에서 일어난 것은 알리였다.

"설마 성훈! 압둘의 호텔에 피해를 끼치는 것인가? 그런 거라면……."

압둘의 얼굴도 덩달아 어두워졌지만, 침착하게 물었다.

"일단 들어나 보세."

"하지만 자네 호텔에 있는 모형과 같은 거라면…… 기껏 만들어둔 자네의 위상이 무너질 것 아닌가?"

압둘이 그의 성급함을 타박하며, 고개를 저었다.

"그럴 일은 없을 거야. 고작 그런 걸로 성훈이 자네에게 우선권을 말했을 리 없지. 안 그런가?"

"네."

"거 봐. 일단 차분히 앉아서 들어보자고. 알리."

미안한 마음에 얼굴이 붉어진 알리를 달래며, 압둘은 내게 대답을 재촉했다.

"새롭다면 새롭겠지만, 압둘의 모형과도 연관이 있으니 이게 완성되었을 때, 압둘 당신이 타격을 입지 않으리라는 보장이 없죠."

"음. 어떤 연관인가?"

"이번에 하려는 건 당신 모형의 확장판입니다."

"확장판?"

"네. 그 모형을 실제 크기로 만드는 것이죠."

압둘의 입에서는 실소가 흘러나왔고, 알리는 동일한 모형이 아니라는 것에 안도했다.

"큭! 그렇군. 왜 그 생각을 못 했을까?"

"이건 압둘, 당신 호텔의 전시가 성공적이었기에 생각할 수 있었던 거죠."

"끙. 그럼 내 호텔의 모형은, 말 그대로 샘플이라는 거군."

"네. 아주…… 성공적인 샘플이죠."

샘플이 성공을 거뒀으니, 실제 제품에서의 호응은 불을 보듯 뻔한 것!

압둘의 입꼬리가 삐죽거리며 올라갔다.

"이해가 가네. 왜 내게 양해를 구하는 것인지."

그러고는 알리에게로 얼굴을 돌렸다.

"알리. 자네가 거부할 수 없는 제안을 하는군."

알리의 얼굴이 굳었다.

질량 보존의 법칙. 등가 교환의 법칙.

이해하기 어려운 법칙을 말하지 않아도, 누구나 알 수 있는 게 있다.

어디가 흥하면, 어딘가는 망하는 법.

모두가 이득을 보는 경우는 자연계에는 존재하지 않는다.

수많은 생각이 알리의 머리를 지나갔을 것이다.

하지만 그는 결국 할 말을 찾지 못한 모양이다.

받아들이면 압둘의 고객을 끌어오는 것이 되고, 거부할 경우 자신의 몰락은 정해진 수순!

"전 이게 최고의 전략이라고 생각해요."

"성훈…… 어떻게 이게…… 친우의 희생을 담보로……."

압둘 또한 말이 없었다.

알리의 경우와 별반 다르지 않을 테니.

하지만 내 생각은 달랐다.

"아니죠. 어차피 누군가는 그 모형으로 작품을 만들 거예요. 아마도 나 같은 한국인이 하게 되겠죠. 한국인의 손이 아니면 그 느낌 못 살리니까."

고민하던 압둘이 서서히 고개를 끄덕였다.

"사실 성훈의 말을 들은 순간, 떠오른 게 그거였지. 누가 해도 할 거라는 거."

알리도 수긍했지만, 완전히 납득하지는 못했다.

"음. 그건 맞는 말이야. 그래도 역시 최고의 전략이라는 말은……."

알리의 눈이 압둘에게로 향했다.

그로 인한 피해는 압둘이 떠안아야 할 것이므로.

'하지만 지금은 압둘보다는 당신이 먼저죠.'

재빨리 말을 이어 붙였다.

"타이밍 조절이죠."

"타이밍?"

"순차적으로 진행하겠다는 말입니다. 각 모형들을."

"그래도 역시 압둘에게 손해가 가는 것은 마찬가지 아닌가?"

조용히 있던 압둘이 그의 말에 제동을 걸었다.

"아니. 그 방법이 맞아."

"어떻게 말인가?"

"어차피 당할 거라면 최소화하는 게 답이지. 그리고 성훈이나 자네 아닌 다른 사람이 진행한다면, 난 더 큰 피해를 입게 될 거야."

압둘이 알리의 손을 잡았다.

"그럴 바에야, 자네 호텔에서 제대로 된 작품을 만드는 게 나아. 그리고 성훈."

"네?"

"자네는 이 녀석에게 우선권을 준 거지. 전권을 준 건 아니질 않나?"

"그렇죠."

전권은 내 거니까!

압둘의 입에서 나올 말을 기다렸다.

"성훈. 한국에 내 모형만 만들 정도로 문화재가 부족한 것은 아니겠지?"

"하하. 당연하죠. 널린 게 문화재죠."

"알리의 호텔에 공사를 완료하려면 적어도 일 년은 걸리겠지?"

그 말에 가만히 고개를 끄덕였다.

장인들의 수는 제한되어 있다.

압둘이 입꼬리를 올리며 말을 이었다.

"그 공사를 진행하는 동안 알리 녀석의 호텔에도 모형 몇 개 만들어주게."

알리가 이해되지 않는 듯 물었다.

"그건 뭐하러?"

"그때는 네 녀석이 샘플이 되는 거지."

알리가 손뼉을 짝 쳤다.

"크하하하. 그다음에는 압둘, 네 호텔에 실제 사이즈로 만들겠다는 거냐?"

압둘이 눈을 부릅뜨며 물었다.

"왜! 안 되냐?"

"크크크. 안 될 리가 있나? 그렇게 하게나."

답답한 상황을 벗어날 길을 찾은 알리가 평소의 호쾌한 웃음을 되찾았다.

하지만 진중한 눈빛으로 말을 이었다.

"그렇다고 어물쩡 봐주고 넘어가지 말라고. 나도 그럴 테니 말이야."

"내가 할 소리군. 우리 사이에 봐주는 게 어디 있어? 그리고 이제 겨우 숨통이 트였는데, 누가 누굴 봐 준다는 말이야."

"크하하하. 그렇지. 이제 긴장하게."

알리는 내게로 말문을 돌렸다.

"응당 취직을 했으니 그럴듯한 선물을 해줘야 하는데, 귀찮은 일거리만 맡겨서 미안하이."

미안해하는 알리를 보며 고개를 저었다.

"아뇨. 이게 저한테는 최고의 선물입니다."

"자넨 참 특이한 사람일세. 이런 귀찮은 일을 선물이라 하다니? 크하하하."

알리가 웃음을 멈추고 물었다.

"그런데 정말 괜찮겠어?"

"응. 정말 괜찮아. 일 년이라면……."

'압둘의 일 년이 의미하는 것이 뭘까?'

알리는 그 의미를 아는지, 얼굴이 어두워졌다.

"부왕께서…… 그렇게까지 안 좋으신 건가?"

"연세가 있으시니, 의사들이 어찌할 수 있는 경지는 이미 지났지."

"자네를 위해서 버티고 계신지도 몰라."

"알라의 도우심이지."

알리가 침울한 얼굴로 말했다.

"부왕의 장례식이 자네의 즉위식이겠군."

"어쩔 수 없지. 그래도 나는 좀 더 오래 사셨으면 좋겠네."

둘의 위로와 격려는 계속될 수 없었다.

그들의 등 뒤에서 들리는 목소리 때문에.

"이게 누구신가? 차기 쿠웨이트 왕, 압둘이 아니신가?"

목소리만으로도 정체를 알았나 보다.

두 왕자의 얼굴이 우그러진 양철마냥 구겨졌다.

뒤이은 말에 내 얼굴도 구겨졌다.

"왕이라면 격에 맞게 처신해야지. 왜 알리 같은 녀석과 어울리는가? 곧 빚더미 위에 앉을 놈인데!"

'누구지?'

등장부터 사람을 기분 나쁘게 하는 중년이었다.

내 기분도 좋을 리가 없었다.

'난쟁이 똥자루 같은 놈이 어디서 알리를 비웃어?'

하지만 압둘은 처음 당하는 것이 아닌지, 즉시 인상을 펴며 뒤돌며 일어섰다.

"별고 없으셨습니까? 카심 일왕자님."

"흥! 당연히 없지! 있으면 좋겠나?"

빈정거리는 말에도 압둘은 침착하게 대응했다.

"그리고 차기 왕은 아직 부왕께서 확정하신 적이 없으니, 함부로 말씀하시지 말아주십시오."

허나 어금니 사이로 새어 나오는 발음에서 그의 심정을 파악하기란 어려운 일이 아니었다.

중년도 그 기운을 느낀 듯 이죽거리며 비웃었다.

"흥. 끝까지 겸손한 척하기는."

"카심 왕자님!"

"순수한 마음으로 축하를 하면 감하다 받으면 될 것이지. 거기에 무슨 토를 달고 그러나? 지금 내게 가르침을 내리시는 겐가?"

감히 누군데, 압둘에게 이렇게 거만하게 군다는 말인가?

이런 안하무인의 행동으로 봤을 때, 압둘보다 더 영향력이 있는 인물임만은 분명했다.

하지만 그렇다고 해서 가만히 있는 압둘에게 시비를 건다는 것은 이상한 일.

'뭔가 쌓인 게 많은 모양이군. 그런데 알리가 가만히 있을 리가 없는데.'

아니나 다를까?

알리가 압둘을 대신해서 변호하고 나섰다.

"형님. 지금 압둘의 부왕께서는 병중이십니다. 설령 압둘이 차기 왕이 된다고 해도, 그건 곧 부왕께서 돌아가신다는 말인데, 그게 어떻게 마냥 축하할 일입니까?"

설마 알리의 반박은 예상치 못했던지, 말을 더듬거렸다.

"그, 그딴 걸 누가 모르느냐? 난 그냥 축하하려고 했단 말이지. 내가 쿠웨이트 왕께 무슨 일이 생기라고 기도라도 한다는 거냐? 뭐냐?"

노한 알리가 코함을 버럭 질렀다.

"형님! 앞에 있는 사람 기분을 생각해서 말씀을 가려서 해주십사 하는 말입니다."

응당 맞는 말을 하는 알리에게 호응이 있어야 함이 마땅한데, 분위기는 알리의 편이 아니었다.

나서지도 못하면서 카심 뒤에서 입만 내밀고 있는 일단의 무리가 보였다.

'보아하니 추종자들 같은데, 자기네 패거리니 옳고 그름 따위는 의미가 없다? 정상적인 집단은 아니군.'

사과하면 끝날 일을.

자신은 사과할 이유가 없다는 듯, 압둘에게 잘못을 돌리고 있었다.

거기서 더 나아가 역정을 부렸다.

"알리 이놈! 한 번 후계의 물망에 오르니, 이제 나 따위는 우습게 보이느냐?"

"누가 그렇다고 했습니까?"

"가증스러운 놈. 누가 네 속을 모를 줄 아느냐?"

압둘에게서 시작된 불은 알리에게로 옮아붙었다.

한 발짝 물러서서 분노를 삼키는 압둘에게 물었다.

"누굽니까? 저 난쟁....... 아니, 안하무인은?"

"사우디아라비아 일왕자. 현 국방부 장관이기도 하지."

"일왕자요? 왕세자가 아니라?"

그 말에 압둘의 입에서 작은 미소가 걸렸다.

명백한 비웃음.

"쫓겨났지."

"엥? 왜요?"

어마어마한 잘못을 저지르지 않는 한, 함부로 바꿀 수 없는 자리가 아니던가?

"국방부 장관을 하면서 횡령을 하는 바람에 국왕의 분노를 샀지. 그 일로 왕세자 자격을 박탈당했지."

"아! 스스로 제 복을 걷어찼네요."

합당한 비웃음이었다.

압둘이 한심한 얼굴로 고개를 끄덕였다.

"그렇지. 그 덕에 알리에게도 기회가 생긴 거고."

왜 알리에게 저런 감정적인 대응을 하는지도 금방 눈치챌 수 있었다.

"그럼 저 사람은 알리가 엄청 싫겠군요?"

"응. 철들었을 때부터 삼십 년을 넘게 왕세자로 살았네. 당연히 왕이 될 거라 믿었겠지. 그런데 알리가 그 자리를 위협하니, 미울 수밖에. 그리고 무엇보다……."

"무엇보다?"

"사람이 옹졸하고 편협해."

하긴 애초에 큰 그림을 그릴 줄 알았다면, 횡령에 연루되는 멍청한 짓을 하지 않았겠지.

'조금만 참으면 나라 하나를 통째로 먹을 수 있는데, 그걸 못 참아서 푼돈을 탐하다니.'

피식 웃음이 나왔다.

"왜 웃나? 성훈?"

"저런 사람은 어디에나 있더라고요. 뭐가 중한지도 모르면서, 자기만 자격이 있다고 철석같이 믿는 사람요."

압둘이 피식 웃으며 말을 받았다.

"게다가 최근에는 사사건건 알리와 비교를 당했으니, 더 싫겠지."

"그래도 아크람의 말을 들어보면, 크게 마찰은 없었던 것 같은데……."

"그동안은 자기가 잘한 게 없었거든."

"그럼 찌그러져 있을 일이지. 왜 이제 와서……."

압둘이 인상을 썼다.

"아다시피 요즘 알리가 좀 곤경에 처했잖나."

"약점 하나 잡았다, 그거군요."

"경기 부양의 호텔이 휘청거릴 정도이니……. 그래서 저렇게 대놓고 도발을 하는 거지."

곤란하겠지 하면서 막연히 추측만 하다가, 직접 눈으로 보니 느낌이 확 다가왔다.

"무능한 것치고는 추종자들이 꽤 있네요?"

압둘이 코웃음 쳤다.
"훗! 그 횡령한 돈이 다 어디로 가 있겠나?"
저 많은 추종자를 만족하게 할 정도의 돈이라?
궁금증이 돌아 넌지시 물었다.
"얼마나 해먹은 건가요?"
"나야 모르지. 알리가 말하지 않으니."
압둘에게도 말하지 않을 정도이니, 내게도 말할 리가 없다.
또한, 고작 수십억 달러 때문에 왕세자 자리를 박탈했을 리는 없다. 일반 왕족도 수억은 기본으로 가진 사우디아라비아가 아니던가?
"그런 집안의 치부를 누가 말하고 싶겠나? 내 형제가 그랬다면, 나라도 남세스러워서 말 못한다네. 나라의 국고를 지켜야 할 사람이 국고를 빼돌렸다니. 양심이 있는 자는 그렇게 못하지."
그의 말, 깊은 곳에 깔린 감정은 경멸이었다.
허나 그건 이미 지나간 일이다.
'눈에 거슬리는 건, 쫓겨났으면 자중할 일이지. 아직도 왕 노릇 하고 있다는 거지.'
왕 노릇은 왕이 된 다음에 하는 거잖아?
압둘에게 물었다.
"하지만 왜 왕은 확실히 정리하지 않은 걸까요?"
"답답하겠지. 자네가 보기에도."

"사실 불편하네요. 좀 많이."

그는 한숨을 내쉬며 말했다.

"실제 카심의 추종자는 저것보다 훨씬 더 많아."

"그것과 정리하지 못한 게 연관이 있나요?"

"자네는 이해하기 어렵겠지만, 연관이 깊지."

"뭐가요?"

"왕족을 기반으로 유지되는 게 왕가라네."

그래서 더더욱 마음에 들지 않는다.

한 번 금수저로 태어나면, 죽을 때까지 그 직위를 유지한다.

'그걸 알면 행동이라도 그에 어울리게 하던지.'

내 불만을 알 리 없는 압둘이 말을 이었다.

"이유야 어찌 되었든, 그 기반을 날릴 수는 없었을 터. 안타깝지만 왕가에 비리가 만연해도 묵인할 수밖에 없는 이유이기도 하지. 그리고……."

호흡을 가다듬고 그는 말을 이었다.

"그건 우리 쿠웨이트도 별반 다를 바가 없어."

압둘의 말에 어이없는 웃음이 나왔다.

"저 인간 하나를 날리는 데, 기반이 날아가는 것을 걱정해야 할 정도라고요?"

남 일 같지 않아서인지, 압둘도 씁쓸한 웃음을 지었다.

"그만큼 사우디아라비아 국왕께서 카심을 믿었었다는 말도 되겠지."

"그런 신뢰를 뒤통수로 보답했군요."

그는 고개를 끄덕이며 대답했다.

"그렇지. 그런 만큼 국왕께서도 왕세자 자격을 박탈할 정도로 진노하신 거고."

나는 저런 인간이 싫다.

자신의 복을 제 발로 걷어차 놓고도, 뭘 잘못했는지 모르고 자중하지 못하며, 이전에 가졌던 특권을 놓으려 하지 않는 모습이.

'역겹다.'

"아크람도 저 치가 저런 행동을 한다는 걸 알고 있지 않습니까?"

저런 인간에게 왕자라고 호칭하는 것도 아깝다.

암! 아깝고말고!

"알고 계시겠지. 궁의 일거수일투족을 모두 알고 계시는 분이니."

"그런데도 손을 쓰지 못하신다, 그 말이네요?"

침울한 얼굴에 짙은 콧수염이 씰룩거렸다.

"그렇지."

나는 압둘에게 '왜 당신은 저 다툼에 끼어들어서 알리의 편을 들지 못하는 겁니까?'라고 물어볼 수 없었다.

저렇게 발만 동동 구르는 걸 봐도, 이미 그의 심정은 다 알고 있으니까.

'사실 물어볼 필요도 없지.'

왕자들끼리의 갈등이 바로 외교 문제로 번지기 때문이리라.

현왕들의 재위 기간이 많이 남았다면 문제가 다르겠지.

감히 그들의 심기를 거스를 수 있는 용기가 없을 테니까.

허나 쿠웨이트 왕도, 사우디아라비아 왕도 그 기간이 얼마 남지 않았다.

정해진 수명은 거스를 수 없는 법.

왕이 죽은 다음의 일은 압둘과 알리의 세대에서 해결해야 한다.

'나라도 이 중대한 시기에 이런 쓰잘데기없는 갈등으로 정세를 복잡하게 하고 싶지 않을 거야.'

곤경 당하는 친우를 보면서도, 힘을 보태지 못하고 애만 태우는 그가 안타까워 보였다.

"이유가 뭘까요?"

그는 심드렁하게 대답했다.

"아무래도 오랜 시간을 봐 왔으니, 단칼에 쳐내기가 어렵지 않으실까?"

그를 보며 씨익 웃었다.

'진짜로 그렇게 생각하세요?'

정말 그렇다면 내가 압둘을 잘못 본 건데?

내 표정을 보며, 그는 의미심장한 미소를 지었다.

"다른 면에서 본다면……. 명분이 없다는 거겠지."

"저런 행동을 하는 데도요?"

"누가 증명할 건데?"

"그야 알리 측의……."

"여기에 그렇게 용기 있는 인간은 없어. 혹여라도 카심이 왕이 되어버리면 모든 재산을 내려놓고 국외로 도피해야 하는데?"

"저 옹졸한 모습을 보니……. 그럴 만도 하네요."

가진 것이 많으니, 겁도 그만큼 많아지는 것이리라.

"얼마 전까지 알리가 카심과 다퉜다고는 하지만, 그건 어디까지나 그의 뒤를 바짝 뒤쫓았다는 말이지, 앞지른 게 아니야. 아직도 그의 인맥은 막강한데, 누가 고양이 목에 방울을 달겠나?"

"상황이 충분히 이해가 되네요."

"안타까운 건 왕세자 자격을 박탈할 때, 국방부 장관도 해임했어야 했는데, 국왕께서는 그러지 못했지. 아크람이 그렇게 강하게 청했다고 들었는데도 말이야."

"부정이겠죠. 한 번의 실수는 덮어주고 싶은……."

"성훈. 왕은 누군가의 아비여서는 안 돼. 백성 모두의 아비여야 하지. 국왕도 늙으신 게지."

열 손가락 깨물어 안 아픈 손가락은 없지만, 그중에서 더 아픈 손가락이 있다.

어떻게 자식이라도 똑같이 사랑할까?

그리고 사랑의 깊이는 함께해 온 세월에 비례하는 경우가 많지 않을까?

국왕은 그를 징계하면서 그가 반성하고 변화하기를 기대했지만, 카심은 기대를 저버렸다.

카심에 대한 정의가 내려졌다.

"저건 똥이네요."

"응? 똥이라니?"

"똥파리가 모이는 중심에 뭐가 있겠어요?"

"당신도 그를 싫어하는 것처럼 보이던데요?"

그는 말없이 입술을 말아 올렸다.

"혹시 제가 잘못 본 건가요?"

"아니야. 제대로 봤네."

단지 알리와 친구라는 이유로 싫어하지는 않을 터.

"이유가 뭔가요?"

그는 카심을 힐끔 쳐다보며 말했다.

"말이 국방부 장관이지. 아랍의 무기상이나 다를 바가 없어. 우리끼리는 그렇게 부르기도 하지."

압둘이 말을 이었다.

"그는 첨단 무기가 자기 나라를 지킨다고 믿는 사람이지."

2차 세계 대전 이후에도 아라비아 반도에는 크고 작은 전쟁이 있었다.

이라크의 이란 침공, 또 쿠웨이트 침공으로 시작된 걸프전. 그 외에도 국지적으로 이어지는 이슬람교 내부의 교리 전쟁.

그런 상황에서 무기의 도입은 당연한 걸지도 모른다.

'하지만 근본적 문제는 해결할 생각도 없이, 무기만 사들인다?'

"심각하네요. 아라비아 반도에 긴장을 고조시켜서 좋은 게 하나도 없는데 말이죠."

"다 같이 죽자는 말이지. 하지만 그걸 막을 방법이 없어."

"그렇겠죠. 제 돈으로 산다는데."

이들은 초고가의 무기를 사들이는 데 고민을 하는 사람들이 아니다.

매일 땅에서 수백만 배럴의 돈이 솟아나는데, 돈이 돈으로 보일까?

'그렇지 않아도 충분히 호전적인 사람들인데.'

남들이 보기에는 이해하기 어려운 싸움으로 동족을 죽이고 있는 자들이다.

단지 마호메트가 기록한 교리의 해석 차이로 말이다.

마호메트가 전하고 싶었던 알라의 뜻은 그것이 아닐 텐데 말이다.

'저런 짓거리를 하고도 천국에 갈 수 있다고 믿는 건가?'

압둘이 미간을 찌푸리며 말했다.

"답이 보이는 군비경쟁인데 말이야."
사우디아라비아가 무기를 사재기 시작하면?
이라크는?
이란은?
결국, 쿠웨이트도 무기를 사야만 하겠지.
"그럼 아라비아 반도는 화약고가 되겠네요."
무제한 포커에서 제일 무서운 겜블러는 누굴까?
심리파악을 잘하는 포커페이스?
눈보다 손이 빠른 타짜?
끝이 보이지 않는 돈질을 하는 사람이 아닐까?
'한 번만 실수하면 영혼까지 탈탈 털리지.'
매 게임 베팅을 더블로 올리면, 무슨 수로 이기겠는가?
'아랍인들이 죽든 말든 나와 무슨 상관이냐고?'
그건 하나는커녕, 반도 모르는 소리!
중동 국가들의 관계가 험악해지면 건물 지을 돈이 어디 있겠나? 무기 사재기 바쁘지.
폭격으로 무너질 걸 뻔히 알면서 건물을 올릴 멍청한 재산가는 절대로 없다.
있으면 어떡할 거냐고?
고객 한번 받지 못하고 바로 알거지가 될 테니, 없는 거나 매한가지.
고로 내 작품을 위해서라도 세계는 평화로워야 한다고.

'그나저나 저 똥 덩어리 폭탄을 어떻게 치우지?'
하지만 마땅히 떠오르는 생각은 없었다.
새로운 바람이 불기 전에는…….

아직도 카심의 훈계는 계속되고 있었다.
그는 같잖다는 표정으로 혀를 찼다.
"자격도 안 되는 녀석이! 네 능력 이상을 노리니, 그렇게 망하는 것 아니냐?"
알리의 눈가 주름이 파르르 떨린다.
"아직 망한 것도 아니고, 또한 사업을 하다 보면 잘될 수도 안 될 수도 있는 겁니다."
"흥. 나를 봐라! 내가 실패한 적이 있더냐?"
그의 말에 어이가 없어서 압둘에게 물었다.
"저 인간, 기름 장사한 것 아닙니까?"
압둘 집안도 기름 장사꾼으로 먹고사니 입술을 비틀었지만, 맞는 말에 뭐라 반박할 것인가?
"그렇지. 기름…… 장사지."
"나 참! 어이가 없어서. 그게 실패할 수도 있는 겁니까? 그냥 기름 퍼 올려서 팔면 되는데."
그것도 자기네 기술로 하나?
다 외국 기업들이 들어와서 퍼 올려주는데!
'땅 짚고 헤엄치기'란 이 경우를 말하는 거겠지.'

그런데 실패가 어쩌고 저째!

압둘의 입에서 인정하기 싫은 말이 흘러나왔다.

"끄응. 그도 그렇지."

그의 당당한 모습을 보며, 혀를 찼다.

"등신! 그게 자랑이다. 자랑."

압둘이 알아듣지 못하는 한국말에 고개를 갸웃했다.

"뎡신? 그게 무슨 말인가?"

"아뇨. 아무것도 아닙니다."

알리라고 내 마음과 다르랴?

허나 이 이상 분위기를 악화시키고 싶지 않은 듯, 꾹 참고 있었다.

허나 때리는 시어머니보다 말리는 시누이가 더 밉다고 했던가?

뒤에서 누군가 카심과 장단을 맞췄다.

"부왕께서 잘한다 잘한다 하시니, 진짜로 그런 줄 알았던 모양이지요."

보자보자 하니, 진짜로 냄새가 난다.

"압둘, 저 똥파리는 또 뭡니까?"

"있어. 자미르라고, 일왕자의 오른팔 격이지."

호응에 힘을 얻은 카심의 날선 소리가 계속 이어졌다.

"그래! 되지도 않는 후계자를 노리니까, 그런 사달이 나는 것이다. 쯧쯧. 그게 인력으로 되는 일인 줄 알았더냐?"

알리의 어금니 갈리는 소리가 들렸다.

"제가 원한 적 없다고 해도, 왜 만날 때마다 그 말씀을 하시는 겁니까?"

하지만 알리의 말은 그의 귀에 닿지도 못했다.

"부왕께 후계를 포기한다고 말씀드려라. 네가 그렇다고 하면 부왕께서 달리 무슨 말씀을 하시겠느냐?"

"형님. 그 말씀은 더 이상 하시지 마십시오."

"그러면 이 형이 네 사업을 물심양면으로 도와주마. 그래도 내가 돈 버는 건 잘 하지 않느냐?"

"휴!"

말이 통해야 대화를 할 것이 아닌가?

일방적으로 제 할 말만 하는 상대에게 알리는 지친 듯, 큰 한숨을 내쉬었다.

"그러니 그만 왕에 대한 미련을 접고 내 밑으로 들어오는 것이 어떠냐?"

알리가 버럭 고함을 질렀다.

"형님! 후계는 부왕께서 정하시는 것입니다. 우리가 왈가왈부할 것이 아니란 말이오. 그게 얼마나 무엄한 일인지 모르시는 겁니까?"

허나 카심은 오히려 코웃음 쳤다.

"허 참. 고맙구나. 알려줘서."

명백한 비웃음에 알리로서는 속에 천불이 날 일이지만, 여기서 똑같이 목소리 높여 대응했다가는 불에 기름을 얹는 노릇이니, 속으로 끙끙 앓는 수밖에 없었다.

 여기서 더 다툼을 키워봤자, 득이 없었다.
 그게 카심이든 압둘이든, 아니면 알리 자신이든.
 인내하는 알리에게 또 다른 말이 들려왔다.
 "왕세자 형님. 그만 화를 참으시지요. 이미 알리 형은 끝났습니다. 아시질 않습니까?"
 "하지만 여전히 부왕께서는 이 녀석을 신뢰하지 않느냐? 자미르."
 자미르가 손을 마주 비비며, 카심의 옆에 섰다.
 몸을 꿰뚫을 듯 알리가 노려보고 있었지만, 그는 그 시선을 슥 피할 뿐 별다른 동요는 없었다.
 "부왕께서 형님을 잠시 왕세자 자리에서 내려오게 하신 것은 왕세자 형님을 더 강하게 키우기 위하신 것일 뿐. 다른 뜻은 없으십니다."
 '저 똥파리 같은 놈. 분명히 부왕께서 왕세자라는 호칭을 없애셨건만.'
 알리는 부들거리는 주먹을 꽉 쥐었다.
 하지만 여기서 왕세자 자격을 논할 수는 없다.

'그건 내가 국왕 자리에 욕심이 있다는 반증.'

노골적으로 사업을 방해할 것은 불을 보듯 뻔한 일.

아무리 부왕이 강력하게 자신을 민다고 해도, 하는 족족 사업을 말아먹는 자에게 왕위를 물려줄 수 있을 것인가?

새하얘진 주먹을 보며, 속을 되뇌었다.

'일 년만. 딱! 일 년만 참자.'

자미르의 말이 이어졌다.

"이미 알리 형은 부왕의 안중에 없을 겁니다. 무슨 용빼는 재주가 있어서 호텔을 살리겠습니까? 한 번 떠난 마음은 돌아오지 않는 법입니다."

은근한 달램에 카심의 마음도 누그러졌다.

"흥. 그래도 일부는 돌아와야 하지 않겠어? 알리도 먹고 살아야지."

"역시 너그러우십니다. 왕세자 전하."

왕세자라는 말을 들을 때마다 알리의 눈동자가 급격히 흔들렸다.

하지만 이 자리에 알리를 두려워하는 사람은 아무도 없어 보였다.

"그러게. 내 말을 들으면 좀 좋아. 알리, 저놈은 저 고집 때문에 한 번 큰일을 당할 거야. 아마."

"무엇보다, 이런 자리에서 수하들과 다투는 것은 왕세자 전하의 위엄에 누가 되는 일입니다. 진정하시지요. 이제 왕세자로 다시 책봉될 날도 머지않았습니다. 전하."

간단한 논리가 아니던가?

대안이 없으면 원안, 그 외의 답은 없다.

카심의 표정이 환해졌다.

"정말 그럴까?"

"이미 자격은 차고 넘치십니다."

"그렇기는 하지만. 결국은 부왕의……."

"새 포도주는 새 부대에. 알리 형을 당당하게 실력으로 누르셨는데, 누가 감히 자격을 논하겠습니까?"

자미르의 눈이 뒤쪽을 향하며, 동의를 구했다.

수많은 똥파리들이 떼 지어 고개를 끄덕였다.

"흐흐흐."

카심이 만족스러운 미소를 지었다.

승자의 미소를.

공식적인 자리에서 알리를 누르는 것은 그동안 당해 온 수모를 덮기에는 부족하지만, 지금 당장의 위엄을 살리기에는 충분했던 것 같다.

자미르의 눈이 압둘에게 향했다.

"그게 다 압둘 왕자님의 공이 아니겠습니까?"

"응?"

카심이 의아한 표정을 지었다.

'무슨 말인지 못 알아듣는 건가?'

대충 감이 왔다.

저게 왕자인가?

저 나이 먹도록 주변에서 떠받드는 것밖에 알지 못하는 모양인데?

인간 자체가 멍청해서라기보다는.

인생의 단물만 엑기스로 먹어온 여왕벌의 느낌이랄까?

여왕벌로 태어났으니 여왕벌로 살아가고, 평생을 남의 수발로 살다가 적이 쳐들어오면 도망도 못가고 죽는. 그런 여왕벌.

내가 밑바닥 인생이라서 그런 건가?

저곳의 왕은 자미르.

똥파리의 왕, 자미르.

그 꼭두각시, 카심.

'그 횡령이라는 것도 저놈이 계획한 게 아닐까?'

허나 진실은 내게 아무 의미가 없었다.

'저건 속도 없고 생각도 없는데, 왕이라는 망령에만 미쳐있는 놈이군.'

왕이 되면 나라를 말아먹을 놈이다.

'실제 정치는 자미르 저 간신배 녀석이 하겠군.'

카심은 자미르의 꿀 바른 입술에 홀려, 그가 하는 말이 전부 진실인 줄 알고 살아가겠지.

자신은 희대의 성군이라 믿으며!

누가 카심을 두려워 하겠는가?

자미르의 말 한마디에 목숨이 오가는데.

내 나라가 아니니 관심을 가지지 않았다.

내 나라 정치도 관심없는 나였지만, 지금은 상황이 다르질 않나?

'여긴 내 물주의 나라라고. 그리고 곧 왕이 될 물주라고.'

눈에 보이는 장애물은 치워야 한다.

가급적 빨리!

사소한 거라도. 눈에 거슬리면 발로 치워야지.

'잘하고 있다. 무덤을 파라.'

속으로 박수를 쳤다.

'가급적이면 크게 파라. 크게.'

명분?

까짓거 없으면 만든다.

거짓말?

안 한다.

말을 안 하면 안 했지.

카심이 물었다.

"말이 안 되잖아? 둘이 죽고 못 사는 사이라고."

그래서 처음에 압둘을 보고 빈정거린 모양이었다.

단지 알리의 친우라는 이유로.

자미르의 친절한 설명이 이어졌다.

"압둘 왕자의 선전 덕에 알리 형의 호텔이 저리 폭삭 망한 거 아닙니까?"

한 편의 촌극을 보며, 한심한 마음이 들었다.

'바보들만 모인 거냐? 그게 아니면 카심 일인체제가 너무 길었기에, 천적이 없었던 거냐?'

압둘이 퉁명스러운 답으로 불편함을 표했다.

"서로 최선을 다해 선의의 경쟁을 한 것뿐! 사업에 봐주면서 하는 건 없소!"

그제야 눈치챈 카심이 음흉한 웃음을 흘렸다.

"크크크. 그래. 그렇군. 내 자네의 공을 잊지 않겠네."

압둘이 불쾌하게 얼굴을 굳혔다.

"일왕자께 치하를 받을 생각은 없소."

눈치 없는 것이 천성인가?"

타국의 왕자를 신하 대하듯 하면서, 미안함이 전혀 보이지 않는다.

'불쾌할 만하군. 네 녀석이 왕이 되지 말아야 할 또 하나의 이유가 늘었다.'

저렇게 오만한 똥 덩어리가 왕이 되면?

주변 나라에 똑같이 할 거고.

왕들은 그 꼴이 보기 싫어서라도 무기를 사재기하겠지!

"미안허이. 압둘. 내가 잊지 않고 싶은 것이니."

기분이 좋아진 그가 말을 이었다.

"아까 내 말을 오해하지는 말게나. 순수하게 축하의 의미로 말한 것이니."

압둘은 못마땅한 표정이었지만, 순순히 고개를 끄덕였다.

똥파리 자미르가 또 끼어들었다.

"하지만 공과 과는 명확히 해야 하지 않겠습니까?"

"응. 그게 또 무슨 말인가?"

"아무리 타국의 왕자라고 해도, 왕세자를 일반 왕자로 부르는 것은 예의가 아닌 것 아닙니까?"

참다못한 알리가 일갈했다.

"이봐. 그건 아버지의 명령이라고."

자미르가 알리에게 맞섰다.

"그건 일시적인 부왕의 변덕이시죠."

"너희들끼리 그렇게 부르는 건 참고 넘어간다 해도, 외국의 그것도 왕자에게 그게 강요할 일인가? 자미르?"

뿌득 뿌득 이를 갈며, 알리가 말을 이었다.

"형님이 그렇게 하라 하신 겁니까?"

카심이 능청스럽게 말했다.

"아니!"

"그런데 왜 다들 그리 부르는 겁니까?"

카심이 삐닥한 얼굴로 물었다.

"남들이 그렇게 부르는 걸, 일일이 찾아다니면 말려야 하는 거냐?"

"아니면 그렇게 입에 붙은 걸 어쩌라고! 입을 찢어서라도 말려줄까?"

"뿌득. 그래도 형님이 하지 말라시면…… 아닙니다. 젠장."

표독스레 쳐다보는 카심의 시선에 알리는 고개를 돌렸다.

자미르가 덧붙였다.

"알리 형. 제가 태어날 때부터 카심 형님은 왕세자셨습니다. 그걸 알리 형은 부정하시는 겁니까? 그게 아니면…… 진정으로……."

'구구절절 더 볼 것도 없군.'

곤경에 빠진 알리를 구해내야 할 차례였다.

'반대로 네놈들은 똥통에 처박아주지.'

왕 노릇은 네놈이 왕이 된 뒤에나 해 처먹어라.

그럴 기회가 올지는 모르겠지만.

"압둘 왕자님."

"응?"

성훈이 그의 앞에 손바닥을 내밀었다.

"응? 왜?"

그는 손을 내밀라는 눈치에 영문도 모르고 손을 내밀었다.

"선수 교체!"

짝!

그의 편 손에 손뼉을 마주치자, 압둘이 물었다.

"그게 무슨 소린가? 수가 있는 건가? 섣불리 끼어들었다가는 자네뿐만 아니라, 자네 나라에도 문제가 생길 수 있어."

외부인이 섣불리 끼어들 수 없는 상황이기에 이런 걱정을 하는 것이리라.

허나 지금처럼 왕이 카심을 껄끄러워 하는 상황이라면 승산이 있다.

압둘의 말대로, 단지 명분이 없을 뿐이라면?

'그 명분, 내가 만들어주지.'

왕이라면 짚고 넘어가지 않을 수 없는 상황!

아무리 맏아들이라도 용서할 수 없도록.

'국왕! 내, 돗자리를 펴주지. 그 위에서 한번 칼춤을 춰 보시오.'

뒷감당이 두려워 감히 말하지 못한다고 했던가?

"괜찮아요. 저라면."

"그게 무슨 소리야?"

의아해하는 그에게 말했다.

"알리가 발작하지나 않도록 잘 달래줘요. 알겠죠?"

압둘이 봐도 알리는 이미 인내의 한계를 넘어서고 있었다. 붉어진 얼굴로 입을 꾹 다문 채.

압둘이 말했다.

"이미 한계치군. 알았어. 알리는 더 열 받지 않도록, 내가 잘 달래도록 하지."

'이제는 카심이 아니라, 나 때문에 열이 받을 테니까.'

어쨌거나 이제는 압둘이 책임지고 알리를 막아주겠지.

'카심아. 카심아. 네가 걷어차 놓고는, 이제 와서 아까운 것이냐?'

사람이란 간사하여 있을 때는 귀한 줄 모르지만, 없어지면 남 탓을 한다.

"후!"

숨을 크게 들이쉬고, 카심을 불렀다.

"왕세자 전하!"

"이보게. 성훈! 도대체 자네까지 왜 이러는……."

알리의 목소리 끝이 떨려 왔다.

귀에 거슬리는 왕세자 소리를 뼈를 깎는 심정으로 참았는데, 성훈마저 그러자 울화통이 터진 모양이었다.

앞서 하는 이야기들을 다 들었을 텐데 말이다.

'눈치로 둘째가라면 서러울 사람이!'

카심에게 다가가는 성훈의 팔을 붙잡으려 했지만, 압둘의 저지에 막히고 말았다.

알리의 눈썹이 송충이처럼 꿈틀거렸다.

꾹 다문 턱에서 일그러진 쇳소리가 삐져나왔다.

"이건 부왕의 의지를 무시하는 거나 마찬가지라고. 성훈이 외국인이라 쳐도……."

"그러니까 하는 말이야. 성훈은 외국인이야. 그리고 이슬람의 법도도 모르는, 손님이지."

"그래도……."

압둘이 눈썹을 으쓱이며 말을 이었다.

"하지만 설령 모른다고 해도, 누가 성훈이 그 법도를 무시한다고 하겠나? 저렇게 토브에 구트라까지 걸치고 있는데."

어딜 봐도 성훈의 복장은 이렇게 말하고 있잖아.

'저는 당신네 문화를 존중합니다!'라고.

"저것 봐. 대놓고 외국인이라고 하고 있잖아."

누가 봐도 어눌한 아랍어를 구사하며, 카심에게 접근하고 있었다.

"저건 또 왜 저래? 아까는 나보다 더 말 잘하던 녀석이!"

"외국인이라 그거지."

그는 알리의 어깨를 도닥이며 말을 이었다.

"적어도 저걸로 성훈에게 해가 미치는 일은 없을 거야."

아크람이 늙은 몸을 이끌고 직접 초대한 손님이었다.

저들이 그 사실을 알든 모르든 그것은 중요하지 않다.

그에게 결례를 저지른 것만으로도 아크람의 불쾌한 눈빛을 온몸으로 느껴야 할 테니.

압둘이 확신하며 말했다.

"성훈의 행사를 막는 건, 아크람의 얼굴에 먹칠을 하는 격이라고. 그리고……."

말하라는 듯 묵묵히 바라보는 알리에게 말을 이었다.

"설령 그게 자네라고 해도 마찬가지일세."

맥 빠진 목소리로 알리는 말했다.

"후. 누가 그걸 걱정하나? 당연히 알아서 미꾸라지처럼 잘 빠져나가겠지!"

알리의 입이 툭 내밀며 말을 이었다.

"그래서 이걸 그냥 넘어가자고?"

압둘은 항변하는 알리의 눈을 슬며시 피했다.

'국왕의 명령을 무시하는데, 그냥 넘어가자고?'

이미 답은 나와 있질 않나?

'안 넘어가면 어쩔 건데?'

알리는 억울한 심정을 토로했다.

"자네도 성훈이 어떤 사람인지 알잖아! 저건 알고도, 일부러 저러는 거라고!"

압둘은 복장이 터지는 듯, 가슴을 텅텅 치는 알리를 달랬다.

"그래. 나도 알아."

"그걸 아는 자네가 나를 말리는 건가? 내 아버지의 말이 무시당했는데?"

허나 그의 맏아들을 비롯해 조카들까지도 저렇듯 대놓고 왕의 말을 무시하는데, 알리의 말이 무슨 설득력이 있을까?

또한, 그 사실을 알리에게 짚어줘 봐야 무엇하랴!
또 한 번 같은 말을 할 수밖에.
'어쩔 수 없잖아. 나도 저게 남의 일 같지가 않다고.'
압둘도 답답한 가슴을 달래며 알리의 손을 꾹 잡았다.
"아니까 말리는 거야. 자네 속을 뻔히 아는 사람이 일부러 자네 속을 뒤집어 놓으려고 저러는 건 아닐 거야."
"그럼 뭔데?"
"일단 진정하고 내 말을 들어 봐. 자! 물 한 잔 마시고. 그렇지. 숨을 크게 쉬라고."
알리는 살 맞은 멧돼지처럼 일그러진 표정으로 호흡을 진정시켰다.

어눌한 아랍어에 카심이 고개를 돌렸다.
"뭔가?"
나를 힐끗 보더니, 고개를 갸웃하며 물었다.
"응! 누구지?"
나에게 묻는 말이 아니었다.
눈동자는 자미르를 향해 있었으니까.
그는 내가 올 거라고는 예상치 못했던지, 잠시 머뭇거리다 답했다.

"아마도 아크람이 불렀다는, 그 동양 화가가 아닐는지요?"
어렵사리 추측할 수 있었으리라.
이곳에 동양인은 나 말고는 아무도 없었거든.
자미르가 내게 물었다.
"자네. 어디서 왔나?"
씨익 웃으며 대답했다.
"네. 아직 서툽니다."
동문서답.
자미르가 돌아서며 피식 웃었다.
"전하. 아랍어를 전혀 모르는 모양입니다."
카심이 내 웃음에 화답했지만, 내용은 웃을 만한 것이 아니었다.
"허 참. 손님이라고 부른 것이 우리 말도 할 줄 모르는 반푼인가?"
"오히려 잘된 일이지요. 국빈이라 존대해 줄 필요가 없지 않습니까? 전하께서 신경 쓰실 정도의 사람이 아닙니다."
마주 보며 웃고 있었지만, 속이 부글부글 끓었다.
'일단 끝나고 보자. 그때도 내가 신경이 안 쓰이는지.'
그가 삐딱한 눈으로 내 복장을 위아래로 훑었다.
"흠. 그런데 자미르. 왜 이 친구는 토브를 입고 있는 거냐?"
자미르 역시 위아래로 훑고는 씨익 웃었다.
"우리 사우디아라비아의 국력이 강하니, 존경의 의미에서 저러는 것 아니겠습니까?"

"훗. 자국의 전통에 자부심이 없나 보군. 남의 나라 옷을 저렇게 태연하게 입다니."

"그럴 만도 하지요."

"그게 왜 그럴 만한 거지? 내가 왕세자로 외국에 나갈 때, 토브 외에 다른 옷을 입는 걸 봤나? 그건 기본이라고."

자미르가 웃음을 흘리며 답했다.

"그야 왕세자 전하께서는 우리 사우드 왕가에 대한 자부심이 대단하시고, 또한 역대 이래로 지금이 가장 강한 국력을 자랑하고 있지 않습니까?"

아무리 멍청이라도 그 의미를 모르랴!

현 국방부 장관인 자신을 칭송하는 것이 아닌가?

"크크크. 이런 사실을 부왕께서도 아셔야 할 텐데."

"왕세자 전하의 충심은 머지않아 인정받게 될 것입니다. 반드시!"

그는 뒤를 보며 말을 이었다.

"그렇지 않나? 형제들?"

공식적인 자리인지라, 큰 소리는 못 내고, 서로 앞 다투어 칭송을 시작했다.

"전하께서 미제무기를 사들임으로써 그들을 우리의 강력한 우방으로 만드셨지요."

"그럼! 미국이 우리 말이라면 꿈뻑 죽지."

"그게 다 미국의 최대 고객인 왕세자 전하 때문이지."

떨어져서 듣고 있던 알리의 속은 말이 아니었다.
"저게 말이냐? 방구냐?"
"크크큭."
압둘은 웃음을 참느라 말을 잇지 못했다.
쿠웨이트로서는 심각할 수 있는 상황이지만, 카심이 얼마나 무기 거래에 허술하게 하는지 알기 때문이었다.
이미 소문이 다 났는데, 뭘 더 깊이 알아볼 필요가 있겠는가?
"국방부, 저 머저리들! 기름을 있는 대로 퍼다 바치면서. 우방? 흥! 전쟁이 일어나면 미국이 우릴 도와줄 것 같아? 오히려 더 좋은 무기를 권하겠지. 이기고 싶으면 이걸 사라고. 결국, 죽어나는 건 우리뿐이라고."
"하긴 이 중동이 무슨 전략적 가치가 있어서 지원을 오겠나? 한국이면 몰라도."
중동의 전략적 가치가 얼마나 될까?
기름을 제외한다면…….
성훈이 그 말을 들었다면, 혀를 찼을 것이다.
'누구는 돈이 없어, 원조란 원조는 다 받으면서도 기술을

빼돌리고, 그걸 바탕으로 무기를 팔아먹는 나라가 됐는데. 쯧쯧.'

어떻게든 생존을 위해, 자주국방을 위해 수단과 방법을 가리지 않은 한국에 비하면, 카심의 방법은 허술하다 못해 무방비라 해도 과언이 아닐 것이다.

물론 한국의 경우는 북한의 위협 때문에 유달리 무기 성능과 수량에 민감한 편이다. 반면 예산은 지극히 한정되어 있다.

결국, 좋은 물건을 많이 사면서도 값도 싸야 한다는 매우 극악한 조건을 안고 협상에 임한다.

그럼에도 미국에 아쉬운 소리를 해가며, 등쳐먹은 일이 수차례!

물론 그 또한 북한이라는 존재가 있기 때문이며, 전략적 요충지이기 때문이겠지만.

'한국인이 단가 깎는 데는 도사라구요.'

성훈이 한 말이었지만, 알리는 다른 말을 했었다.

"아냐. 한국인은 단가를 후려치는 데 도사야. 적어도 자넬 보면 그래."

하여간 이건 지난 일이고.

"압둘. 더 열 받는 게 뭔지 알아? 시가보다 비싸다 해도 저

것들은 협상을 하려고 들지 않아."

"비싼데 안 깎아? 미친 거냐?"

이해하지 못한 압둘이 고개를 갸웃하자, 말을 이었다.

"단가가 커야, 리베이트도 클 테니까. 우리 국방부 머저리들이 전 세계 무기 단가를 최대치로 올려놨지. 등신들."

카심의 이름을 직접적으로 거론하지 않았다 뿐, 알리는 그를 신랄하게 비난했다.

"이러니 미국이 우리를 뭐로 보겠어? 최대 고객? 지랄하네. 봉으로 봐! 절대 봉!"

자미르의 말이 이어졌다.

"중국 끄트머리에 붙어 있는 작은 나라라고 들었습니다. 가난하고 인구만 많은. 어찌 고개를 숙이지 않을 수 있겠습니까?"

카심이 수염을 어루만지며 미소를 지었다.

"그렇다고 공식적인 자리에서 남의 나라 옷을 입어? 흥! 수치를 모르는 족속이군."

"이게 바로 왕세자께서 만드신 우리나라의 위상입니다."

카심의 입가에 비웃음이 걸렸다.

"훗. 아크람은 그런 나라 사람을 뭐 볼 거 있다고 부른 거야? 게다가 저런 별 볼 일 없는 인간을 위해 바쁜 왕족들을 모이게 하다니."

나도 마주 보며 미소의 농도를 높였다.

'이런 쌍! 못 알아듣는다고 마구 지껄이는군. 개처럼 오라 가라 부른 게 아니라, 정중하게 초대를 받은 거다. 이 똥덩어리들아! 그리고 이게 존중을 해주는 거지, 어떻게…….'

허나 지피지기백전불태!

'많이 비웃어라. 곧 내 눈도 못 마주치게 해줄 테니까.'

지금은 어떤 놈이 수족인지 알아야 살생부를 만들든지 새 기든지 하지.

'압둘이 그랬잖아. 덩어리가 커서 한 방에 못 치운다고. 대가리들만 적당히 추려내 주면, 그 후는 알리가 알아서 정리하겠지.'

이곳을 주시하는 알리에게 씨익하고 웃어줬지만, 그는 수치스러웠던지 내 시선을 외면했다.

'부끄러울 수밖에. 형제라는 것들이, 이렇게 몰상식해서. 이게 사우드 왕족들의 일반적인 모습이라면, 나 같아도 숨고 싶겠다.'

자기편이 아니라고, 국빈을 앞에 두고 무시하는 나라가 세상천지 어디에 있을까?

하지만 알리는 항변할 수도 없으리라.

지금 무대에 있는 선수는 나였다.

'기다려요. 잠시 후 다시 교체할 테니. 어디까지나 난 구원투수니까.'

이 중에는 알리를 조심하는 사람도, 나를 경계하는 사람도 아무도 없었다.

"전하. 이는 아크람이 권력을 남용한다는 명백한 증거가 아니겠습니까?"

"기분이야 상하지만, 남용이라고 몰아붙이기는 애매하지 않아? 부왕의 명이었다고."

"그 늙은 혓바닥으로 부왕을 녹였겠지요. 기억나지 않으십니까? 전하께서 불미스러운 일이 있었을 때, 그가 어떤 행동을 했는지."

왕에게 왕세자 직위뿐만 아니라, 국방부 장관도 다른 사람을 앉혀야 한다고 주청한 것을 말하는 것이리라.

카심의 눈 밑이 증오로 꿈틀댔다.

"이 말을 부왕께서 믿으실까?"

"이번 일만 해도 그렇지 않습니까? 중립을 표방한다고 하면서도, 이렇게 알리 형의 편을 들지 않습니까?"

"이게 알리의 편을 드는 거라고?"

"이 동양인이 누굽니까? 왕가의 문양을 그린 화가가 아닙니까? 알리 형이 뭐로 부왕의 마음에 들었는지 생각해 보십시오."

"끄응. 그렇지."

말은 끼워 맞추기 나름이고, 판단은 자기 기준을 따르기 나름이다.

"이번 일은 다시금 알리 형의 위세를 세워주기 위해서 꾸민 일이 확실합니다. 저는 이 일에 대해 엄중히 추궁하고 그가 더 이상 왕국 수석 집사를 맡지 못하게 단죄해야 한다고 생각합니다."

카심이 자미르와 눈을 맞추며 말을 이었다.

"알겠네. 내 그럼 자네만 믿지. 한번 판을 짜보게."

"맡겨만 주십시오."

사람이 인사를 하러 왔는데, 멀대마냥 세워두고 자기들 할 말만 지껄이고 있다.

'더 듣고 있다가는 귀가 썩을 것 같아!'

적어도 왕자라면 영어 정도는 알아듣겠지.

"왕세자 전하. 문양 제작자로서 감사드리고 싶어서 왔습니다."

감사의 인사에도 여전히 적대적인 시선이었다.

"흥. 감사랄 게 뭐 있나? 나는 한 일이 없는데, 오히려 감사라면 저기 알리에게 해야지."

"그래도 차세대의 가장 큰 어르신이시니, 인사드림이 마땅하고, 또한 제가 도안한 문양을 가슴에 새겨주셨잖습니까?"

되레 나를 놀리듯 물었다.

"감사라…… 자네는 이 문양이 얼마나 갈 것 같은가? 내가 왕이 되면 바뀔 수도 있을 거라 생각해 본 적 없나?"

'대놓고 까네.'

나 또한 좋은 감정은 없지만, 대어를 잡으려는데 이런 대접쯤이야 웃으며 넘길 수 있지.

'일단 미끼는 던져 봐야 할 거 아니야? 그치?'

머쓱하게 웃으며 말했다.

"역시 그리 생각하셨군요. 운이 좋아 알리 왕자의 눈에 들었지, 사실은 볼품없는 작품입니다."

"뭐가 없어? 볼품?"

원하든 원치 않던, 자신의 것이 무시당하는 것은 싫은지 인상을 구겼다.

'뭐! 어쩔 건데! 내 작품인데, 어떻게 평가하든!'

못 들은 척, 시치미를 뚝 떼며 너스레를 떨었다.

"고작해야 만드는 데, 한 시간이나 걸렸을까 싶은 작품인걸요."

그제야 카심이 목을 내밀며, 내 눈을 맞췄다.

"뭐? 하, 한 시간?"

"쓰. 아마 그것도 안 걸렸을 걸요. 조각하는 시간까지 포함한 거니까, 실제로는 일이십 분? 아마 그럴 겁니다."

자미르도 놀란 눈으로 재차 물었다.

"고작 일이십 분으로 만든 게, 부왕의 눈에 들었다고?"

"저도 아쉽기 그지없습니다. 날림이 아니라 좀 더 공을 들였다면, 더 나은 작품이 될 수도 있었는데, 이제는 손댈 수 없을 것 아닙니까? 쩝."

말은 이렇게 했지만, 속마음은 달랐다.

'사실은 손도 못 대. 저건 순전히 영감으로 얻어걸린 거라고.'

다시 한 번 저런 작품을 만들라고 하면?

솔직히 자신 없다.

적어도 내가 마음에 쏙 들어할 자신은.

자미르가 확인하듯 다그쳤다.

"더 나은 문양을 만들 수 있다고?"

그 말에 고개를 쳐들며 어깨를 으쓱였다.

"이것 보세요. 자미르 왕자님. 제가 만든 문장입니다. 그것도 고작 일이십 분에요."

자미르가 카심의 손을 끌었다.

"전하. 잠시만······."

쑥덕이는 소리가 다 들렸다.

"전하. 이건 기회입니다."

"저 동양인이 저토록 자신하고 있지 않습니까?"

"알리가 했던 건데, 왕세자께서 못할 이유가 어디 있습니까?

'자. 선택해. 알리는 그 문양 하나로 국왕의 눈에 들었다. 넌 무엇으로 네 아버지를 만족시킬 거냐?'

카심과 자미르의 등이 보였다.

'일단 너희 둘. 제일 먼저 털어주지. 그리고 얘기하다 보면

대가리들을 쳐들겠지.'

카심이 돌아섰다.

"이봐. 자네! 부왕 접견 후에 시간 좀 낼 수 있나?"

"아마 그건 어려울 겁니다. 국왕 접견 후에 바로 귀국할 예정이니까요."

이 일이 끝나면 당신 얼굴은 볼 일 없어!

"그럼 지금은 어떤가?"

"괜찮습니다."

"그럼 응접실로 가서 잠시 얘기 좀 나눌 수 있겠지."

"그 말씀을 기다리고 있었습니다. 영광입니다."

카심이 내 등을 툭툭 치며 말했다.

"저리 가서 잠시 얘기 좀 나누세나. 자미르. 자네는 먼저 가서 응접실을 비우라 이르게."

96장
왕세자(2)

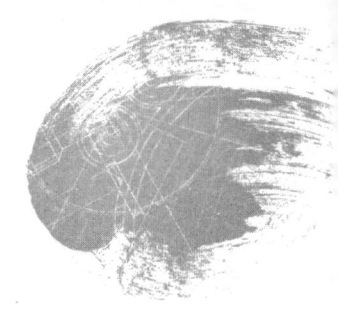

"압둘. 저건 또 왜 저래?"

성훈이 무리와 어울려 연회장에서 사라지는 것을 보며, 알리가 물었다.

"난들 알 수 있나?"

"저거 사고치는 거 아니야?"

알리의 걱정에 압둘이 고개를 저었다.

"성격이 있기는 해도, 경거망동하지는 않아. 아까도 봤잖나. 그렇게 무시를 해대는데, 모른 척 딴청하는 거 말이야."

"내가 가 봐……."

하지만 다시금 압둘의 손에 저지당했다.

"아까는 자네가 참으라 해서 참았는데, 이제 이유를 알아야겠네. 말해! 이렇게까지 날 말리는 이유가 뭐지!"

압둘은 한층 더 소리를 낮추며 말했다.

"성훈 녀석이 나가면서 이러더군."

낮아진 목소리에 귀를 기울일 수밖에 없고, 덩달아 알리의 음성도 낮아졌다.

"뭐라고 했는데?"

"선수 교체!"

알리의 인상이 묘하게 찌그러졌다.

"하! 선수 교체?"

'내가 그렇게 찌질해 보였나?'

물어 무엇하랴?

오죽 답답했으면 성훈이 나섰을까?

잘하는 선수에게 교체 요청을 할 리가 없지!

'하긴 분위기에 짓눌려 제대로 된 반박조차 하지 못했으니 그렇게 보였을 만도 하지.'

초대한 주빈에게 부끄러운 모습을 보였다고 생각하니 알리의 검은 얼굴이 검붉게 변했다.

"큭. 젠장!"

그의 속을 아는 압둘이 그를 달랬다.

"일단 상황을 지켜보자고."

"저기서 성훈이 뭘 할 수 있을까? 저 꼴통들 사이에서…… 큰 사고나 안 쳤으면 좋겠는데."

알리의 말에 압둘이 빙긋이 웃었다.

"뭐가 되도 되겠지. 기억나? 작년에 했던 말? 성훈은 자네와 나를 두고 저울질했던 녀석이라고. 안 그래?"

"ㅎㅎㅎ."

굳었던 알리의 입가에 히죽 웃음이 걸렸다.

'맹랑한 녀석이라 생각한 적이 있었지.'

이 둘이라고, 왜 성훈이 자신들을 저울질한다는 걸 모를까?

일이 끝나고 나서, '아차! 당했구나!' 하는 생각이 절로 들었는데.

허나 어쩔 것인가?

결과적으로 자신도 압둘도 만족했는데!

물론 가장 큰 수혜자는 성훈이겠지만.

옛일을 떠올린 알리가 히죽거렸다.

"그런 저울질이라면 몇 번이고 당해줄 용의가 있지."

압둘이 그의 말에 맞장구쳤다.

"그 대가로 자네는 가문의 새로운 문장을 얻었지."

"그러니까!"

그 디자인을 보고 부왕께서 얼마나 칭찬하셨던가?

'사우드 왕가의 기상과 포용이 이토록 세련되게 표현될 수 있었다니?'

그 덕에 그저 열심히 일하는 아들에 불과했던 알리는 부왕의 눈에 들었고, 카심을 대체할 대안으로까지 부상할 수 있었다.

물론 반대급부로 왕세자, 아니, 전 왕세자 파의 미움과 두려움을 고스란히 받게 되었지만 말이다.

알리가 압둘과 눈을 마주쳤다.

"자네 호텔은 지금이 최고 호황이지?"

"물론. 그리고 몰딩도 꽤 팔아먹었지."

확연하게 밝아진 알리를 보며 압둘이 말을 이었다.

"그때, 생각나?"

"뭐 말인가?"

재작년 여름이었던가?

벌써 일 년 하고도 반이나 지났군.

저 녀석이 성훈의 부채질에 넘어가서 몰딩 값을 두 배나 올렸던 게!

나라고 어쩔 수 있겠어?

땅 파서 장사하는 것도 아닌데, 두 배로 샀으니 두 배로 팔아야지.

'정말 이 가격에 팔릴까?' 하고 걱정했던 것은, 말 그대로 기우에 불과했다.

'손해 본 게 있긴 하군. 창고 임대비용.'

왜냐고?

창고에 채 들어가기도 전에, 컨테이너째로 현장으로 납품했으니까.

'그 덕에 처음 예상치의 몇 배로 이익을 거뒀고, 몇 차례나 더 주문을 넣어야 했었지.'

그 일이 있은 지 몇 주 뒤였나?

알리가 쭈뼛쭈뼛하며 내 저택을 방문했었다.

제 딴에는 미안했던지, 김이 모락모락 나는 양고기를 손수 들고 말이다.

"압둘. 미안하게 되었네."

난 기억나지 않는 듯, 퉁명스레 대꾸했었다.

"뭐가 말인가? 우리 사이에."

"나 때문에 손해를 봤잖나. 괜히 내가 현금 레이스를 하는 바람에 말이야. 자! 이거 먹어 보라고. 우리 조리장의 특별 비법을 전수받아서 내가 직접 구운 거야. 맛이 끝내줘."

이 무뚝뚝한 놈이 시종마냥, 직접 양고기를 썰어서 포크로 찍어주는 걸 찍어 줬어야 하는 건데.

아직 내가 얼마나 이득을 봤는지, 모르는 게 분명했다.

그러니 미안해했던 거겠지.

알았다면 배 아파했을 녀석이지, 절대 이렇게 살가울 놈이 아니지.

그가 내게 이렇게 물었었다.

"압둘. 억울하지 않던가?"

'뭐가? 두 배로 사서 두 배로 팔아먹은 게?'

그 가격 그대로 사들였었다면, 두 배로 올려 팔 배짱을 부리지 못했을 텐데.

'전화위복이란 이런 걸 말하는 거지.'

시치미를 뚝 떼며 물었다.

"뭐가 말인가? 자네에게 돈질 당한 것?"

"그, 그건 내가 잠시 돌았던 거라니까."

그는 투덜거리며 말을 이었다.

"아니. 아무리 생각해도 성훈, 그 녀석에게 당한 것 같단 말이지."

'그걸 이제 알았냐? 이 곰아!'

"그래도 자네는 가문의 문장을 새로 얻었잖나? 부왕께 칭찬을 많이 들었다던데."

녀석이 어찌할 줄 모르는 표정을 지었다.

그 왜, 있잖나?

눈은 미안해하는데, 입꼬리를 올라가 있는…… 그런 표정.

"그건 그거고, 이건 이거지."

"그래서 어쩔 건데?"

"음. 묘해서 말이야. 당한 건 당한 건데……."

말꼬리를 흐리는 알리의 말을 받았다.

무슨 말을 할지 뻔하니까.

"손해 본 건 없지?"

알리가 고개를 끄덕였다.

"솔직히 말하지. 나도 손해 안 봤어."

어리둥절한 알리에게 빙긋이 웃으며 털어놓았다.

지난 몇 주 동안 몰딩을 얼마나 팔았고, 얼마의 이익을 봤는지.

그때 알리의 경악하는 표정이란……

"진짜로?"

말없이 고개를 끄덕이자, 알리는 내게 밀었던 접시를 포크째 빼앗아갔다.

난폭하게 양고기를 찍어 입으로 가져가며 말했다.

"에에이! 괜히 왔네!"

아이 같은 유치한 행동에 한참 동안 배를 잡고 웃을 수밖에 없었다.

웃음이 그치고서야 알리에게 물었다.

"그래서 어쩔 건데?"

고기를 우적우적 씹으며, 그가 말했다.

"그래서 곰곰이 생각을 해봤는데 말이야."

꿀꺽!

"성훈 녀석은 다음에 일거리가 생기면 자네나 나한테 가져올 거야."

친우가 손수 구워온 양고기를 썰며 대답했다.

"그렇겠지."

심술궂은 표정으로 알리가 말했다.

"그때, 크…… 잘 들어 봐."

장난기 가득한 얼굴로 말을 이었다.

"그때 내가 낮은 가격을 부르고, 자네가 좀 더 높게 제시하는 거지. 다음번엔 내가 좀 손해를 보겠네."

나름의 양보라고 생각하는 모양이었다.

"내가 그렇게 버팅기면, 제 녀석이 어쩌겠어. 자네가 낙찰을 받는 거지."

"그다음 차례에는 반대로 하자…… 그거로군."

알리의 만면에 만족스러운 미소가 번졌다.

"역시. 자네는 말이 통해서 좋아."

그는 스스로 내린 결론이 만족스러웠던지, 냅킨으로 스윽 입을 닦으며 미소를 지었다.

'크으. 충분히 네 녀석이 내놓을 만한 결론이다.'

그 제안을 일언지하에 거절했다.

"자네는 그러게나? 난 그럴 생각이 없으니."

"크크. 혼자서 성훈을 독점하겠다는 생각인가?"

의미심장한 말이었지만, 그 말을 부정했다.

"설마 내가 좀 높은 가격을 불렀다고 녀석이 만족할 거라 생각하는 건가?"

"안 그럼 어쩔 건데?"

다른 수가 있냐는 듯, 알리는 미간을 찌푸렸다.

"다른 재력가를 데리고 와서 똑같이 저울질하겠지. 자네는 빼고."

그리고 다시 말을 이었다.

"아마 그 재력가도 자네 못지않은 사람일 거야."

대번에 상황 파악이 되었던 모양이다.

"엥! 그럼 나만 새 되는 거잖아."

피식 웃으며 고개를 끄덕였다.

"응! 그리고 자네는 두 번 다시 기회가 없을 거야."

내 의견이 불만스러운지, 알리는 툴툴거렸다.

"자네가 이런 말을 할 줄은 몰랐는데. 돈 앞에서는 절대로 양보가 없는 자네가 말이야."

알리는 평생을 함께 가야 할 동료였다.

'이런 우직한 사람을 만나기도 쉽지 않고.'

사업적인 부분에서 벌어진 일은 경쟁일 뿐, 믿음을 배반하는 것이 아니다.

그게 우리 둘만의 룰이기도 했고!

속에 있는 말을 꺼냈다.

"자네는 착각하는 게 있어."

"뭔가?"

"단발성 거래일 때, 그게 충분히 가능해. 다음이 없다고 하면 말이야."

그리고 차분히 말을 이었다.

"내 경험으로 봐서 성훈의 작품은 절대 한두 번으로 끝날 게 아니야."

"그래서?"

"이렇게 비싼 값을 치렀으니, 자네 말처럼 다음에는 당연히 우리에게 들고 올 거야."

여기까지는 알리의 말도 일리가 있었다.

"하지만 성훈이 돈을 좀 더 벌고 싶어서, 우리에게 온다고 생각하나?"

"당연하지!"

알리의 확신에 다른 의견을 내놓았다.

"그 말이 가장 일반적인 답이겠지만, 허나 내 생각은 다르다네."

"돈 외의 다른 목적이 있다고? 훗!"

코웃음 치는 그에게 확신하며 말했다.

"응! 녀석은 자신의 작품을 최고의 가치를 부여하고 싶은 거야."

"그게 그 말이잖아."

"다르지. 그렇다면 성훈이 미쳤다고 현재 건설에 도움이 될 일을 하겠냐고! 직접 팔지."

"듣고 보니, 일리가 있군."

"고로 성훈은 도면을 팔아서 돈을 버는 것에는 큰 관심이 없다는 말이지."

당연한 추론이 아닐까?

돈을 벌고 싶었다면, 자신의 사업체를 차리는 것이 마땅한 일!

허나 성훈은 그것에 관심이 없어 보였다.

"알리. 이건 돈이 되는 물주야!"

돈을 대는 물주가 아니라, 그 물건의 주인!

"더 중요한 게 뭔지 알아?"

알리가 말없이 귀를 기울였다.

"그걸 할 수 있는 사람이 녀석밖에 없다는 거야."

도자기를 만들어서 왕에게 주던, 개밥그릇으로 쓰든, 그건 장인의 마음이다.

꼴 보기 싫은 왕이 달라고 떼를 쓰면?

깨버리면 그만이다.

"그래도 돈을……."

"성훈은 이렇게 말할 걸? '왜 내가 만든 걸, 자기 마음대로 하려고 하는데?'"

그 모습이 떠오르는 듯, 알리는 헛웃음을 뱉었다.

"크크크. 분명히 그러겠지."

"돈 있으면 뭐해? 녀석이 안 팔면 못 사는데."

"음. 수틀리면 안 만들 테고."

"또한 만든다고 한들, 우릴 찾아올 리가 없잖아. 알리. 세상에 널린 게 우리 같은 재산가들인데!"

성훈이라는 인간에 대한 결론을 내릴 시간이었다.

"그는 최초의 생산자야. 이른바 절대 갑(絶對 甲)!"

의미를 이해한 알리가 허탈한 웃음을 내뱉었다.

"허! 돈을 이렇게 가지고도 을이 될 거라고는 생각도 못 했는데 말이야."

"알리. 그건 나도 마찬가지일세. 하지만 말이야. 그에게 잘만 보이면, 돈을 몇 배로 굴릴 수 있다네. 지금까지 굴리던 자금에 '0'이 몇 개가 더 붙을지도 몰라."

넘치도록 있어도 아쉬운 것이 돈.

알리의 얼굴에 웃음꽃이 피었다.

"잘만 구슬리면…… 더 좋은 작품이 나온다라……."

"그러니까 돈이 아깝지 않다고! 성훈의 명성이 오르면 오를수록, 성훈의 작품은 더 고가에 판매될 테니까."

"그리고 그 판매자는……."

흐뭇하게 웃는 알리와 눈을 맞추었다.

"알리 자네가 아니면, 내가 되겠지."

그리고 지금!

지난 몇 년간 수천만 달러를 들여 홍보를 해왔지만, 지금처럼 화끈한 결과를 얻은 적은 없었다.

'내 선택은 정확했지! 이 결과를 얻는 데 든 돈이 고작······ 이백만 달러라고.'

덤으로 부왕의 총애를 얻었다.

압둘이 말했다.

"저 친구의 배짱은 자네와 내가 감당하기 어려울 정도라고."

아직도 못마땅한 듯 입술은 비틀린 채였지만, 마지못해 수긍했다.

'우리는 지금 할 수 있는 게 없다고.'

강적을 상대로 정면승부란, 용기가 아니라 만용일 뿐이니까.

알리의 어깨를 토닥이며 말했다.

"그러니 지켜보자고. 특급 용병이 자진해서 출장했으니까."

성훈의 뒷모습을 보며, 압둘은 조용히 생각해 잠겼다.

'늘 그래 왔듯이 성훈은 거부하기 어려운 제안을 하고, 레이스를 종용하겠지.'

이번에는 누구에게 제안을 하며, 어떤 레이스를 시킬 것인가?

응접실 안은 왕족들로 바글거렸다.

그리고 여러 타입의 사람들.

'모두 카심과 자미르 같지는 않구만.'

아까의 분위기로 봤을 때는 전부 한통속으로 보였는데 말이다.

"어떻게 그런 문양이 그 시간에 나온 거요? 도저히 그건 상상도 못 했는데."

사람들의 감탄이 마음에 들지 않았던지, 카심이 두툼한 턱살을 씰룩거렸다.

"지금 감탄이나 하려고 모인 거야?"

마지못해 새로운 안에 대해 의논이 시작되었다.

'두꺼비 같은 놈. 칭찬 좀 하면 어때서? 고래도 춤추게 할 수 있는데.'

혹시 알아? 내가 좋게 볼지도?

"좀 더 칼끝을 세워야지요. 우리 왕가가 얼마나 강한지를 느낄 수 있도록."

"아니지. 그럼 너무 공포스럽게 보인다고. 인자함을 더 강조하려면 부드러워야 해."

건성으로 들으며, 주변에 집중했다.

'이 녀석들 수발이나 들어주려고 온 게 아니라고.'

그러자 하나하나의 면면이 보였다.

누굴 날리고, 어떤 놈을 살려야 할지 말이다.

'축이 되는 놈들만 없애면 된다고. 그리고 왕이 결단을 내릴 단초를 마련해 주는 거지.'

한쪽에서 큰 소리가 들렸다.

서른 초반 정도의 앳된 얼굴이었다.

불만이 있는 듯, 잔뜩 흥분한 목소리였다.

"자미르 형! 꼭 이렇게 해야 합니까?"

자미르의 비쩍 마른 얼굴에 짜증이 잔뜩 서렸다.

"또 너냐? 잔소리하려거든, 나가라. 너한테 안 시키니까."

"이게 어떻게 잔소립니까? 할 말은 해야겠습니다."

내용은 모르지만 내 귀가 닿지 않는 곳에서 무슨 문제가 생긴 모양이었다.

표독한 눈빛의 자미르가 잇소리로 말했다.

"닥쳐라! 외부인도 있는데."

"어차피 알아듣지도 못한다면서요?"

참던 자미르가 탁자를 탕 쳤다.

"그래, 좋다! 말해 봐라. 뭐가 불만인데?"

"왜 그렇게 알리 형님을 못 잡아먹어서······."

자미르는 더 듣기 싫다는 듯, 말을 끊었다.

"또 그거냐! 어린놈이 정치에 대해서 뭘 안다고 나서는 거냐? 나서기를!"

허나 그는 대단히 다혈질인 듯했다.

"보고 있을 수 없으니 그런 거 아닙니까? 정말 부왕께서 문장 하나 때문에 알리 형님께 관심을 가지셨다 생각하십니까?"

아무도 대답이 없자, 말을 이었다.

"그건 구실일 뿐이죠. 알리 형님이 관광 사업 부문에서 일을 제대로 해서 인정받은 거죠."

"그걸 누가 모르느냐?"

"그럼 형님들도 국방부 일을 제대로 하시면 되지. 이게 지금 뭐하는 짓입니까? 부끄럽지도 않으십니까?"

자미르가 얼굴을 붉히며 벌떡 일어났다.

"제대로 못하고 있다는 말이냐?"

그도 질세라 벌떡 일어났다.

"그럼! 제대로 하고 있다는 말씀을 하고 싶으신 겁니까?"

일순 말문이 막힌 자미르가 입술을 깨물며 표독하게 노려보았고, 그는 할 말 있으면 하라는 듯 자미르를 내려다보고 있었다.

모습을 지켜보던 카심이 혀를 차며, 무거운 몸을 일으켰다.

"거기! 꼬맹이. 더 말하면 나를 모독하는 것으로 받아들이겠다."

"하지만 카심 형님."

"자리가 자리이니만치 오늘은 그냥 넘어간다."

자미르의 얼굴에 비웃음이 어렸다.

여기가 감히 어디라고, 그런 망발을 내뱉느냐는 같잖은 표정.

"경솔하기는. 이렇게 형제들이 많은 데서 왕세자 전하의 얼굴에 먹칠을 하다니. 쯧쯧."

"지금이라도 마음을 돌리십시오. 부왕께서는 아직 카심 형님을 총애하십니다."

찌푸린 표정으로 카심이 빈정거렸다.

"진정으로 총애하셨다면, 나를 이 지경으로 몰지 않으셨겠지."

"아닙니다. 부왕께서 정말로 형님을 싫어하셨다면, 왕세자 폐위만으로 끝났을 것 같습니까?"

폐위라는 민감한 문제가 나오자, 카심의 두툼한 입술이 일그러졌다.

"쓰!"

"그 아크람이 강력히 주장했음에도 형님은 아직도 국방부 장관을 하고 계시잖습니까? 가장 권력을 휘두를 수 있는 자리를요."

'쯧쯧. 눈치가 없는 건지. 아니면 혈기가 넘치는 건지. 누구나 조심하는 문제를 들먹이다니.'

바른말 하는 모습이 보기 싫지 않았다.

또한, 유일하게 여기서 카심에게 올바른 말을 하는 사람이기도 했다.

하지만 카심은 절레절레 고개를 저었다.

"내보내라, 자미르. 그리고 넌 앞으로 내 눈에 띄지 마라."

젊은이는 부들부들 떨다가 고함을 질렀다.

"하지도 않을 문장을 하겠다고 사람을 농락하다니. 이게 과연 왕이 될 사람이 할 짓입니까?"

뜨끔한 자미르가 버럭 고함을 질렀다.

"누가 안 한다고 했지?"

사전에 이야기됐던 거라면 저러지 않았겠지.

처음 이곳으로 올 때부터 그건 예상하고 있었다.

이들에게 중요한 건 문장이 아닐 테니까!

정정당당을 희망한 것은 아니지만, 막상 귀로 들으니 인상이 찌푸려졌다.

다행이라면 모두의 시선이 저 젊은이에게 집중되어 있어, 내게 관심을 가지는 사람이 없다는 것.

'무슨 이야기 하는지 들어나 보자.'

"할 겁니까? 진짜로?"

"당연하지."

그가 코웃음 쳤다.

"그럼 알리 형님의 문장에 대해서는 언급하지 않으실 겁니까? 시간이 얼마나 걸렸는지?"

"당연히 말씀드려야지. 부왕을 농락한 거나 마찬가지인데?"

"그건 안 하겠다는 거잖아요. 부왕이 그 말을 듣고 다시 문장을 저 '성훈'이라는 사람에게 맡기겠습니까? 도대체 제정신으로 하는 말입니까?"

이제 분노를 넘어서 으르렁거리고 있었다.

"쿵! 이건 휘청거리는 알리 형님께 치명타를 꽂겠다는 거 아닙니까?"

"그렇다고 알리 형이 부왕을 농락한 걸 그냥 넘기자는 말이냐?"

"뭐가 농락입니까? 문장을 선택하신 건 부왕 본인이십니다."

자미르가 코웃음 쳤다.

"그래! 이번에도 부왕께서 선택하시는 거다. 왕세자께서는 단지 제안하실 뿐이고."

"이게 어떻게. 이런 악의적인 제안을 제안이라고……. 어떻게 일국의 왕이 되겠다는 사람이 이런 비여……."

그는 말을 끝까지 맺지 못했다.

아무리 카심의 곁에서 이득이나 보려고 하는 사람들이었지만 양심은 있었던지, 젊은이가 더 심한 소리를 하지 못하게 저지하고 있었다.

허나 그다음 말을 예상하지 못할 정도로 바보는 아니었던 것 같다.

카심이 고함을 버럭 질렀다.

"썩 꺼져라. 뭐 하는 거냐? 안 내보내고?"

대충 감이 왔다.

알리를 흠집 내는데, 자기 손을 더럽히고 싶지 않다는 거군.

하지만 의문은 있었다.

'굳이 날 이용할 이유가 있나? 단지 왕을 농락했다는 이유라면, 그냥 말해 버리면 될 텐데.'

어쨌거나 나를 암살자로 선택한 모양이다.

'재미있게 되었네.'

오히려 마음이 홀가분해졌다.

속여도 미안한 마음이 사라졌으니까.

저 멍청한 두꺼비 녀석의 생각은 아닐 거고, 자미르 놈이겠군. 여우 같은 놈!

자미르를 살생부의 첫 번째 명단에 올렸다.

'하지만 확인해 볼 필요는 있지.'

잠시의 소요가 끝나고, 넌지시 물었다.

"저야 왕세자 전하께서 써 주시면 좋지만, 굳이 저를 선택하신 이유가 뭔지 여쭤 봐도 됩니까? 저보다 유명한 디자이너들이 넘쳐날 텐데요."

그가 간사한 웃음을 지으며 말했다.

"실은 말일세. 알리 형에게 무슨 말을 들었는지 몰라도, 알리에 비해 많이 불리한 상황일세."

'훗. 연기 하기는……. 동정에 기대는 건가?'

어디까지 하는지 보자고.

"아까는 그렇지 않아 보이던데요? 일방적으로 알리가 불리한 상황으로 보이던데요?"

"그야 적 앞에서 약해 보일 수는 없지 않나?"

능숙하게 말을 돌리는 자미르였다.

"사실 왕세자 전하께서도 그 일이 있은 다음에 절치부심하며 노력했지만, 부왕께서는 여전히 편견을 갖고 계시지. 이 상태로는 공정한 대결이 될 수가 없지. 안 그런가?"

"음. 그럴 수도 있겠네요."

한쪽 말만 들었으니, 공정성에 이의를 제기할 수 있지만, 그건 그쪽 사정!

'하지만 네 말에 신뢰가 가지 않는다는 것도 엄연한 사실!'

제 손에 피 묻히기 싫어서 차도살인하는 놈들을 어떻게 신뢰해!

카심이 못마땅한 듯 물었다.

"자미르. 아까 녀석의 말도 일리가 있지 않나? 그냥 우리가 부왕께 말씀드리면 될 것 아닌가? 뭐하러 이런 녀석을 굳이 이용해야 하나?"

하지만 자미르는 나를 힐끔거리며 고개 저었다.

"그건 그 녀석의 생각이 짧은 겁니다. 우리 말을 믿으실 것 같습니까? 오히려 알리 형을 모함한다고만 생각하실 겁니다."

카심은 마음에 들지 않는 듯, 접힌 턱살을 어루만지며 입술을 씰룩거렸으나, 자미르는 고민할 틈도 주지 않고 말을 이었다.

"그랬다가는 부왕의 신뢰만 잃을 뿐입니다. 그리고 부왕의 앞이 아닌, 어떤 매체를 이용해서 소문을 퍼뜨린다고 해도, 믿지 않으실 겁니다."

"그럴까?"

"당연하지요. 방송국은 우리가 장악하고 있다는 걸 아시잖습니까? 그래서……."

"그래서?"

"지금이 하늘이 주신 기회입니다. 부왕께서 초대했다는

건, 적어도 이 동양인에 대해 그만큼 호감이 있다는 것 아닙니까?"

카심이 내게 심술궂은 웃음을 던진다.

"훗. 그렇겠지."

"이런 인물이 부왕께 알리에게 불리한 말을 한다? 과연 생각이나 했겠습니까? 알리에 대한 신뢰가 약간이라도 흠집나면, 그때는……. 크크크."

자미르가 카심에게 음흉한 눈빛을 던졌다.

"아시잖습니까?"

"크크크. 확실히 자네 말이 맞군. 역시 내 오른팔이야. 이런 계략은 기똥차게 생각해내는군."

카심의 웃음에 그의 늘어진 볼이 물결쳤다.

제가 보기에는 호탕해 보일지 몰라도, 나로 하여금 고개를 돌리게 만들었다.

"그리고 그냥 찔러보는데, 굳이 우리 편의 손을 더럽힐 필요가 뭐 있겠습니까?"

"좋아. 자네 생각대로 진행하게."

자리르가 내게로 고개를 돌렸다.

얇은 입매를 애써 올리며 미소 지었다.

"전하께서 자네를 좋게 보신 모양이네."

"정말이십니까?"

"그래. 이번 일만 잘되면 큰 상을 내리실 거네."

'그 짧은 순간에 그렇게 말을 바꾸는 거냐? 캬! 그것도 재주다. 재주!'

하도 어처구니가 없어서 피식 웃음이 나왔다.

이런 삶이 일상화된 사람이 아니라면, 이게 가능할까 싶어서 말이다.

자미르가 물었다.

"왜 그렇게 웃는 건가?"

"외국의 높은 분이 저를 이렇게 믿어주시니, 너무 감사해서 말입니다."

빙글빙글 웃는 얼굴로 둘러댔다.

'크. 속이자고 덤비는 놈이나, 그에 동조하는 놈이나.'

살기 팍팍한 나라였다면, 씨알도 안 먹힐 이야기!

한국이었다면 이런 과도한 호의를 일단 의심부터 했을걸.

'온실의 화초란 이런 거겠지.'

하긴 이 사람들이 뒤통수라는 걸 맞아 봤겠어?

우리 민수도 의심할 상황인데, 이들은 내가 속아 넘어갔다고 단정하는 듯했다.

'내가 연기를 그렇게 잘했나?'

하지만 여기서 냅다 하겠다 하면, 아주 멍청이가 되거나 혹은 의심을 살 수도 있겠지.

"저기……."

"말하게."

"그런데 이 문장을 완성시켜 드리면, 제가 어떤 이득을 얻을 수 있는 겁니까?"

"아까 말하지 않았나? 큰 상을 내리실 거라고?"

코웃음 치며 말했다.

"혹시 지금처럼 국왕께서 하사하시는 훈장? 뭐 그런 걸 말씀하시는 겁니까?"

그는 당황한 듯 눈동자를 이리저리 굴렸다.

'이건 생각하지 못했지? 줄 생각도 없었을 텐데, 뭘 생각했겠어?'

잠시 말문이 막힌 자미르에게 말했다.

"그런 금 쪼가리는 저한테 아~ 무런 의미가 없습니다. 왕자님. 쳇! 그걸 누구 코에 붙이라고."

자미르가 내게 얼굴을 바싹 갖다 댔다.

"혹시 달리 원하는 거라도 있나?"

그의 말에 잠시 뜸을 들이다 말했다.

"전 애초에 아크람과의 약속을 지키기 위해 온 게 아닙니다. 그건 핑계일 뿐이고, 문장의 신세를 내세우면서 알리 왕자님께 일을 따고 싶어서 온 것이죠."

"일?"

"네. 저 건설회사에서 일합니다. 알리 왕자 호텔의 인테리어 건이나 좀 얻어갈까 해서요."

"흠……. 그랬나?"

"그런데 지금 상황이 이상하게 꼬여버렸죠."
"어떤……."
말을 하다 느낀 거지만, 대화는 자미르하고만 하고 있었다.
카심은 계속 듣기만 한다.
'이건 주종이 뒤바뀌었군.'
다음 정권에서는 자미르가 주도하게 될 것이다.
카심은?
왕이라는 이름의 꼭두각시!
'자미르의 말을 철석같이 믿으며 살아가겠지. 자신이 불세출의 성군이라 믿으면서 말이야.'
"솔직히 여쭤보겠습니다."
"뭘 말인가?"
"아까 알리 왕자가 더는 재기하지 못할 거라 하셨는데? 그 말 믿어도 되는 겁니까?"
'뭘 말하고 싶은 거냐?'는 자미르의 눈총을 자연스럽게 받아넘겼다.
"계획도 없는데, 그냥 감정으로만 말씀하신 거라면 제가 이 자리에 있을 이유가 없죠? 안 그렇습니까?"
침묵으로 쏘아보는 그에게 말했다.
"설마 아까 제가 아무 생각 없이 여기로 왔다고 생각하신 겁니까?"
자신의 예상을 벗어나서 그런 것인가?

자미르의 얼굴이 굳었다.

"그러면?"

씨익 웃으며, 그와 눈을 맞췄다.

"침몰하는 배와 함께 가라앉을 의리는 없죠."

눈썹을 으쓱이며 말을 이었다.

"그리고 저는 왕세자 전하께서 백만금을 주신다 해도 관심 없습니다."

가늘게 눈매를 좁히는 둘에게 은근히 말했다.

"회사에서 인정받고 승승장구하는 게 목적이지. 돈 따위야 높은 자리에 있으면 언제든지 뭐! 아시죠?"

둘이 서로 마주 보다 내게로 눈을 돌렸다.

자미르가 입술을 씰룩거리며 웃었다.

"평범한 그림쟁이인 줄 알았더니, 꽤 야망가였나 보군."

"남자잖습니까?"

"크크. 방울 달고 태어났으면 그 정도의 야망은 있어야지."

"사실 어느 정도의 리스크는 생각하고 있습니다. 예를 들어……. 국왕이나 아크람에게 미움 받는 그런 거?"

"오호라."

"전 아직 살 날이 더 많거든요."

카심의 볼이 흡족하게 부풀어 올랐다.

"이런 상황이니, 사실 왕자님의 제안이 솔깃하긴 합니다만, 그것만으로 알리 왕자와 쌓아온 걸 포기하기는 어렵군요. 확신이 없으면······."

입꼬리를 올리며 말을 이었다.

"그렇지 않습니까?"

그를 도발했다.

'네가 가진 패가 뭔지 내놔봐! 무슨 패기에 그렇게 자신만만한 건지. 그리고 어떻게 알리를 방해할 건지.'

상대의 전략을 알면, 방어하기는 식은 죽 먹기!

아직 국왕과 아크람이 건재함에도 불구하고, 승리를 확신한다면, 근거가 되는 복안이 있을 터.

자미르가 말없이 나와 눈을 마주쳤다.

"일시적으로 왕세자 자리에서 물러났다고는 하나, 전하의 기반은 여전히 견고하다네."

당연하겠지.

삼십 년간 독주했는데, 그 정도도 안 되면 등신이게?

그의 인맥은 사우디아라비아 전체를 아우른다고 해도 과언이 아닐 터!

설령 카심이 국방부 장관까지 물러난다 해도, 그의 기반은 쉽사리 무너지지 않을 것이다.

'여기 있는 놈들을 몽땅 날린다고 해도 마찬가지지. 어차피 수면 위에 있는 것들이니.'

하지만 수가 많으면 국왕에게도 부담이 될 것이며, 일시적으로 알리에게 힘을 실어준다고 해도 변하는 건 없다.

"삼십 년의 세월이었습니다. 당연하지요."

"크크. 잘 아는군."

"큰일을 두고 허언하실 분으로는 보이지 않습니다. 이제 뜸은 그만 들이시지요."

시계를 들여다보며 말했다.

'시간이 얼마 없으니까, 그만 패를 까라고!'

"밖에서 몰아치고, 안에서 흔들면, 아무리 알리 형이라도 어쩔 수 없지."

안과 밖?

밖이야 그렇다 치고, 안이라는 건 뭐지?

아무렇지 않게 능청을 떨려 물었다.

"밖이라는 건, 돈으로 몰아치겠다는 거군요."

"굳이 말하자면 그렇지."

헌데 구체적인 방법은?

자미르에게 물었다.

"만약 국왕이 알리를 신뢰한다면 도와줄 방법이 있지 않을까요? 거기다 아크람도 있구요."

자미르가 비릿하게 웃었다.

"당연히 그 정도야 예상하고 있지. 그러니 대놓고 방해할 수는 없어."

"무게 균형을 잡는답시고, 아크람이 본격적으로 개입하

면……."

"곤란하지."

'그럼 다른 방법이 있다는 건데?'

예상되는 바가 없어, 조용히 그에게 눈짓했다.

"반대로 문제가 없다면, 부왕이나 아크람이 대놓고 도움을 주기는 어렵지."

"당연하지요."

그랬다간 추잡한 물밑싸움이 본격화될 것이다.

체면과 명분은 어디론가 사라지고, 암투만이 벌어진다.

그걸 왕과 아크람이 바랄 리가 없다.

"하지만 어떤 수를 쓰실지 상상이 되질 않네요."

자미르가 간교한 눈빛으로 말했다.

"현 중앙은행장이 전하의 사람이라네."

그 한 마디만으로도 그들이 왜 승리를 자신하는지, 모든 이유가 설명되었다.

거기서 약간만 금리 조정이 들어가면, 시중 은행에서의 파급력은 어마어마할 것이다.

'하지만 이거야말로 빈대 잡겠다고 초가삼간 태우는 거잖아.'

게다가 세계 최대 산유국인 사우디아라비아에서?

'아무리 왕이 되고 싶다고 해도, 민생이나 세계정세 따위는 뒷전이라 이거냐?'

뜨악한 나에게 말했다.

"대의를 위해서는, 안타깝지만 희생이 따르는 법이라네."
"끄응. 그렇지요."
비웃음을 속으로 삼켰다.
'성공만 한다면, 확실히 알리는 망한다. 모든 은행이 그에게서 등을 돌릴 테니까!'
그리고 알리와 비슷한 상황인 자들도 줄줄이 도산하겠지.
'다른 건?'
그와 눈을 맞췄다.
하지만 대답 대신 자미르는 입술을 비틀었다.
"거기까지만!"
"네?"
"여기까지만 해도 충분히 알 수 있겠지? 왜 알리 형이 망할 수밖에 없는지?"
더 들을 수 없는 것은 아쉬웠지만, 그것만으로도 충분했다.
그 계획의 중심에 누가 있는지 알았으니까.
어차피 드러나게 진행하지도 않을 것이다.
또한, 이미 실행된 후에는 되돌릴 방도가 없다.
'이래저래 죽어야 할 이유가 늘었구나.'
자신만만한 자미르에게 물었다.
"벌써 진행이 된 모양이군요? 그리 확신하시는 걸 보니."
그가 검지를 흔들었다.
"아니지. 이건 최후의 수단이라고. 아무리 대의를 위해서라지만, 이건 우리도 타격이 크다고. 함부로 진행할 게 아니지."

속으로 안도의 한숨을 나왔지만, 겉으로 능청을 떨며 고개를 끄덕였다.

'국왕과 아크람의 방해로 뜻을 이루지 못하면 진행하겠다는 말이군. 아크람한테 일러야지.'

내가 할 수 있는 건 거기까지다.

더는 끼어들기도 애매하고.

그러면 국왕이 알아서 할 것이다.

'감사원에서 털든, 행장을 바꾸든. 그건 요령껏 하면 되는 거지.'

혀를 차며 말했다.

"쯧쯧. 어쨌거나 알리 왕자의 파산은 기정사실이나 마찬가지군요."

자미르가 간사하게 웃으며 나와 눈을 맞췄다.

"이제 자네가 뭘 하면 되는지 알겠지?"

"제 어깨에 세계경제가 달렸네요."

어깨를 으쓱하며 너스레를 떨었다.

"크크큭. 어린 친구가 기회를 잡을 줄 아는군."

"사내가 피치 못한 결단을 해야 할 때가 있지 않겠습니까?"

"그럼 내부적으로는 어떤……."

"그건 일이 끝난 다음 말하도록 하지. 그리고……. 그런 것까지 말해 줄 정도로 아직은 우리가 그렇게 친한 사이는 아니잖아? 하지만 이 정도만 해도 자네같은 사람은 결정을 했을 것 같은데……."

그의 말에 눈웃음치며 말했다.

"네. 이런 말씀을 들었는데, 더 고민한다면 그건 바보나 하는 짓이지요."

자미르가 비릿하게 웃으며 물었다.

"당연하지. 그럼 부왕 앞에서 어떤 식으로 말할 건가?"

기대의 눈빛을 보냈다.

하지만 내가 왜 대답해 줘야 하는데?

나도 '어떻게 하면, 이들의 계획을 더 들을 수 있을까?' 하고 잠시 고민했지만, 이내 생각을 접었다.

'어차피 더 이상의 정보를 얻기는 어려울 것 같거든.'

시계를 들여다보며 말했다.

"벌써 시간이 다 된 것 같군요."

"응? 아직 십 분이나 남았는데?"

"아크람이 저더러 십 분 전에 미리 나와 있으라고 하더군요."

"아크람이? 왜?"

"제가 어떻게 알겠습니까? 하지만 지금 나가지 않으면 그가 저를 찾지 않겠습니까? 그럼……."

아크람이라는 말에 카심이 먼저 일어섰다.

"괜히 의심을 살 필요는 없지. 일어나지. 자미르."

자미르가 걸어 나오며, 내 어깨에 손을 얹었다.

"자네 앞날이 이 일에 달렸네. 실수하지 말고."

"네. 걱정하지 마십시오."

앞서가던 카심이 뒤돌아보며 물었다.

"자미르. 정말 이놈에게 호텔 인테리어를 맡길 거야?"

"그건 아민이 결정할 일이지요. 곧 그 녀석의 것이 될 텐데."

"그럼 이놈은?"

자미르가 피식 웃으며, 내 어깨를 두드렸다.

"그 말을 하는 순간, 부왕께서 분노하실 텐데, 과연 이놈이 사우디아라비아에서 일을 할 수 있을까요?"

"그럼 내가 거짓말한 게 되잖아?"

"부왕께서 그리 결정하시면, 우리도 어찌할 수 없지 않습니까? 그리고……."

"그리고 뭐?"

"이런 박쥐 같은 간사한 놈에게는 본때를 보여줘야지요. 흐흐흐."

둘이 마주 보며 웃었다.

물론 나도 따라 웃었다.

카심이 나를 도외시한 채 말했다.

"그런데 정말 아민으로 되겠어?"

"그럼요. 녀석이 그 호텔에서 일한 지 벌써 십 년입니다. 지금 바로 이어받아도 될 겁니다."

"그럼 여객사업과 항공사업은?"

"자바르와 이브라힘 정도면 되겠지요."

"알겠네. 자네가 알아서 하게."

살생부에 세 명의 이름이 더 올랐다.

'뜻밖의 수확인걸. 아민, 자바르, 이브라힘.'

자리로 돌아왔다.

나와 카심들이 담소를 나누는 게 마음에 들지 않는 듯, 알리가 투덜거렸다.

"성훈. 좋은 일이라도 있었나 보군."

나 대신 카심이 대답하며 빈정거렸다.

"왜! 해코지라도 할 거라 생각했나?"

알리가 그와 눈을 마주쳤다.

"누가 형님께 물었습니까?"

퉁명하게 대꾸하며 노려보는 알리가 마음에 들지 않았던 모양이다.

"알리. 뭘 꾸미는지 몰라도 하지 마라. 이미 아크람과 말을 맞춰뒀겠지만."

이미 카심은 알리와 아크람의 공조를 의심하고 있었던 모양이다.

"그게 무슨 생뚱맞은 말이오? 형님."

카심은 검지를 흔들며 말을 이었다.

"뭘 해도 안 될 거야. 이미 대세는 기울었으니까."

영문도 모르고 졸지에 비난을 당한 알리의 미간이 대번 찌푸려졌다.

알리에게 들으라는 투로 카심이 말했다.

"동양인. 자네만 믿겠네. 자넨 계약 걱정은 하지도 말고 견적이나 뽑아오면 돼!"

그에게 환하게 웃으며 물었다.

"얼마가 나올지는 알고 계십니까?"

"얼마가 나오든 무슨 상관인가? 우리는 가격 협상을 하지 않는다네. 오로지 품질만 보지."

'크. 자랑이다. 협상도 할 줄 모르는 거겠지.'

해 본 적이 있어야 할 것 아닌가?

그가 자미르를 보며 물었다.

"기껏해야 몇 푼이나 하겠어? 안 그래?"

자미르도 그에 동조했다.

"뭐가 되었든, 최고급이어야만 해."

"저는 비쌉니다. 물론 우리 장인들도요. 고작 땅에서 나는 석유에 비할 바는 아니지요."

"흥. 그건 맘대로 생각하고."

어차피 해줄 생각이 없어서 그런 것인가?

실행하지도 못할 공수표를 날리고 있었다.

'어차피 나도 당신들한테 볼일은 끝났어. 잘 가!'

카심이 사라지고, 알리가 퉁명스레 물었다.

"이번에는 무기라도 팔아먹을 셈인가?"

단가 이야기를 하는 게 귀에 거슬렸던 모양이다.

"그런 거라면 봉을 제대로 물었어. 제 말마따나 협상이라고는 모르는 인물이니까."

중년의 질투에 코웃음 치며, 화제를 바꿨다.

"벌써 당신 호텔을 인수할 생각을 하고 있던데요?"

"무슨 그런 미친? 떡 줄 사람은 생각도 안 하는데."

"그러니까요."

"어처구니가 없군. 건설이나 호텔에 대해서는 개뿔도 모르는 것들이!"

자신만만한 알리에게 제동을 걸었다.

"아민이라고 아세요?"

"아민? 왜?"

"그 사람이 이어받을 거라던데요? 당신 호텔."

"뭐라고?"

일순 알리가 휘청거렸다.

압둘이 그의 몸을 받치며 말했다.

"그는 호텔의 부지배인 중 하나야."

"아!"

그래도 어딘가 총지배인이 아닌 것이!

"내! 이놈을 당장!"

험악하게 인상 쓰는 알리에게 말을 이었다.

"그리고……. 자바르와 이브라힘도요."

"뭐라고?"

압둘이 조심스럽게 물었다.

"성훈. 혹시 저 인간들이 자넬 속이는 거 아닐까? 일부러 알리와 이간질하려고?"

그 말에 피식 웃어줬다.

나도 그 생각을 하지 않은 건 아니지.

"그럴 가능성은 별로 없어요."

"왜 그렇게 확신하나?"

"아랍어로 말하던 걸요?"

아까의 상황을 설명했다.

그리고 말을 이었다.

"그리고 저는 아랍어를 모르죠."

"아직도 모른다고 생각하는 건가?"

"뭐. 아랍어는 한마디도 하지 않았으니까요."

알리가 눈을 부릅뜨고 물었다.

"그럼 부왕께도?"

"그럴 리가요? 이렇게 토브까지 입었는데."

먼지 한 톨 없는 새하얀 토브를 탁탁 털었다.

"자네가 우리말을 하면 놈들이 기겁을 하겠군."

알리의 호탕한 웃음에, 압둘 또한 상황이 예상되는 듯, 웃음 짓고 있었다.

'하지만 그들이 진정 기겁을 할 건 아랍어로 말한다는 사실이 아닐 겁니다.'

"하여간 내 이놈들을 주리를……."

흥분하는 알리를 달랬다.

"그래도 혹시 모르니까, 조심히 조사하세요."

압둘도 덧붙였다.

"그래. 조심해서 나쁠 건 없지. 충분히 조사해서 결정해도 늦지 않네."

저들은 내 앞에서 경솔하게 행동한 것을 후회해야 할 것이다.

"아까 카심 왕자와 했던 말은 그게 다인가?"

압둘의 물음이었다.

"왕세자 전하께서 국왕 앞에 가면 알리 험담을 해달라고 신신당부를 하더라고요. 호텔 인테리어를 저한테 맡긴다면서요."

"그 말을 믿나?"

믿었던 수하들에게 배신당한 느낌에 부루퉁해 있던 알리가 역정을 냈다.

"거참! 성훈. 왕세자란 말 좀 하지 말래도."

알리의 미간에 주름이 잡혔지만, 씨익 웃으며 눈썹을 으쓱었다.

"하하. 입에 붙어서 그런가 봐요. 자꾸 실수하게 되네요."

"부왕 앞에서는 조심해 주게. 행여라도 편찮으신 분께 좋지 않은 영향이 갈 수도 있으니."

내게 재차 엄중하게 주의를 시켰지만, 난 머쓱하게 웃을 수밖에 없었다.

'그럴 수는 없을 것 같네요. 곧 같은 실수를 해야 하거든요.'

알리를 안심시켰다.

"명심할게요. 그런데 습관이라 쉽게 고쳐지지 않네요."

쉽게 고칠 수 있다면 습관이라 부르지도 않겠지.

어이없다는 표정으로 그는 눈을 동그랗게 떴다.

"크흐. 성훈. 본 지 얼마나 되었다고 습관이란 말을 하는가? 응?"

따지듯 묻는 알리를 압둘이 말렸다.

"너무 그러지 말게. 그 말은 자네 형제들에게 먼저 해야 하는 것 아닌가?"

"끙."

대답이 궁해진 알리는 다시 고개를 돌렸다.

그런 알리를 놀리듯, 압둘이 물었다.

"성훈. 국왕 앞에서 정말 알리 험담을 할 작정인가?"

"훗! 노력은 해봐야죠."

그 전에 별일만 없다면?

"뭐야?"

그렇지 않아도 기분이 좋지 않은 알리가 인상을 찌푸렸다.

"호텔 인테리어를 모두 제게 맡긴다는데, 아무래도 저 같은 소시민은……."

"쳇! 마음대로 하게나."

아크람이 단상으로 올라가는 모습이 보였다.

"성훈. 이제 곧 오실 모양일세. 압둘. 자네도 일어나지."

"그래야겠군."

아크람이 연회장을 둘러보며 말했다.

"국왕 전하께서 입장하십니다. 모두 자리에서 일어나, 박수로 맞이해 주십시오."

말을 마친 아크람이 단상 아래로 내려갔고, 박수 소리가 장내에 울려 퍼졌다.

국왕이 아크람의 부축을 받으며 등장했다.

'이제 연극을 끝내야 할 시간이군.'

나는 제안을 할 뿐이다. 결론은 국왕이 내리는 것.

'아비로서의 부정이 우선인가? 아니면 나라를 책임지는 왕으로서의 책무가 우선인가? 당신의 선택만이 남았소.'

내 눈에 시시덕거리며 웃고 있는 카심의 무리가 들어왔다.

국왕이 왕좌에 앉았고, 박수 소리도 멎었다.

97장
왕의 한 수, 그리고
예정된 실수(1)

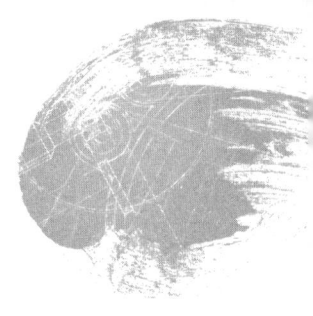

카메라 셔터 소리가 들렸다. 하지만 번잡하지 않고, 절제된 분위기였다. 이어 마이크를 착용한 PD가 눌린 목소리로 빠르게 지시를 내렸다.

"셔터 소리 최대한 줄이고! 조명도 좀 떨어지고!"

"국왕께서 몇 년 만에 주최하신 공식 행사다. 우리는 국왕의 건강한 모습만 담으면 되는 거니까, 최대한 방해되지 않게 행동해!"

정·재계 인사들이 줄줄이 나와 왕에게 안부를 물었다.

그래 봤자 모두 사우드 왕가의 일원들이었지만.

5분가량의 의례적인 인사가 끝나고, 아크람이 왕을 대신해 입을 열었다.

"오늘 국왕께서 이 자리를 주최하신 것은……. 왕가 문장의 변경과 그에 따른 변화를 국왕께서는 기꺼이 즐거워하셨고, 그 디자이너에게 손수 치하하기 위하심입니다."

카심이 뚱한 표정으로 제 가슴을 쳐다보며 투덜거렸다.

"이봐! 이 문장이 그렇게 대단한 거야? 이게 없으면 우리가 왕족이라는 걸 모르냐고? 안 그래?"

대놓고 말할 수는 없으니, 입술만 비틀 뿐이었다.

아크람의 말이 이어졌다.

"이게 뭐 그리 칭찬할 일이냐고 생각할 일원도 있겠지만, 국왕께서는 다르게 생각하셨습니다."

왕이 좌중을 찬찬히 둘러보는 가운데, 아크람은 계속 말을 이었다.

"공식적이든 비공식적이든 왕가의 차량에 깃발을 부착하고 다녔던 때가 있었습니다."

모두가 수긍하듯 고개를 끄덕였다.

"왕가의 일원이라는 것을 표시하는 것이었고, 그것에 백성들은 존경을 표했지요."

"하지만 지금! 그걸 달고 다니시는 분들이 계신지요?"

아무도 말하는 이가 없었다.

성훈은 잠시 의아했다.

'그럼 왕족이라는 걸 어떻게 드러내냐고? 그러고 보니 아까 들어오는 차량에서도 깃발을 보지는 못했던 것 같은데.'

아크람은 계속 말을 이었다.

"왕께서도 그걸 처음 보시고는 섭섭해하셨습니다만 이내 마음을 바꾸셨지요. 왕가의 문장이 국기보다 더 화려하고 멋있게 차에 장식되어 있었기 때문이지요. 어떤 이는 아예 엠블럼을 떼버리고 왕가의 문장을, 또 어떤 이는 본네트에 통째로 문장을 새기셨더군요. 그렇지 않습니까? 카심 왕자님."

지적을 받은 카심이 씁쓸히 입맛을 다셨다.

그의 롤스로이스 리무진에는 왕가의 문장이 5개나 붙어있었다.

엠블럼 대신 하나, 본네트에 크게 하나, 그리고 차량 양쪽 도어에 각각 하나씩, 그리고 트렁크 도어에도 또 하나!

더 붙이고 싶었지만, 두서없이 난잡해질 것 같아서 거기서 멈춘 것뿐이었다.

그 덕에 1km 밖에서도 차들이 길을 비켜주었다.

그 차가 카심의 것이라는 걸, 누구나 알고 있으니까!

"흠흠. 그건 왕가의 일원으로서 해야 할 당연한 일이지요."

그 말에 주변 사람들이 키득거렸다.

카심이 차에 문장으로 도배한 이유를 모두 알고 있었기 때문이다.

'멋있잖아! 안 그래?'

그 전에는 왕국기도 볼품없다고 공식적인 행사 외에는 달지 않았던 카심 치고는 괄목할 만한 변화였고, 그 시기 즈음에 엠블럼을 왕가 문장으로 바꾸는 것이 유행했었다.

어쩌면 지금의 알리를 이토록 유명하게 만든 것은 카심 본인일지도 모른다.

물론 아무도 그의 앞에서는 일언반구도 하지 않지만 말이다.

왕이 자리에서 일어섰다.

"나는 전쟁의 시대를 살았다. 우리 영토와 석유를 탐내는 이, 우리의 성지인 메카를 노리는 무도한 자들과 끊임없는 전쟁으로 세월을 보냈다."

뒷자리에 앉은 하얀 수염 기른 자들이 고개를 끄덕였다.

"그때 우리는 왕가를 수호하기 위해 목숨을 걸고 결사 항전했었지. 그렇지 않은가?"

노인들의 시선을 받으며, 그가 말을 이었다.

"하지만 어느 사이엔가……. 선조와 전우의 목숨으로 지켜낸 문장은 애물단지가 되었더군. 볼품없다며 아예 달고 다니지 않는 녀석도 보았다."

왕의 눈이 카심을 향했다.

카심은 그 시선을 외면하며 가만히 고개를 숙였다.

"아크람이 순화해서 말했지만, 당시 나는 분노했었다. 왜!

왕가의 문장이 이리도 천대받는다는 말인가? 그들은 왕가의 일원이라는 자부심이 없다는 말인가?"

준엄한 호통에 좌중이 고개를 숙였다.

"하지만 그것이 나의 오만이라는 것을 알라께서 깨우쳐 주셨다."

나직하지만 힘 있는 목소리가 연회장의 끝까지 울려 퍼졌다.

"알라께서는 화려하면서도, 그의 위엄이 어린 문장을 보내주셨고, 그것으로 어린 왕족들의 자부심을 고취하셨다."

어느새인가 왕의 말투는 부드러워져 있었다.

"허허. 한순간이더군. 온 나라가 왕가의 문장으로 도배되는 것은."

왕의 말을 들으며 성훈이 속으로 미소 지었다.

'얼마나 큰 상을 주시려고 이리 치켜세우는 겁니까?'

"그동안 이 늙은 머리를 가득 채웠던 염려와 고민이, 이 문장으로 인해 해결되었다."

왕의 양손이 하늘로 올라갔다.

"알라의 보살피심이 아닐 수가 없도다."

엄숙한 분위기 속에서 모두가 고개를 숙였고, 양팔을 하늘로 추어올렸다.

이 엄숙한 모습은 방송국 카메라를 통해 전국으로 실시간 방송되고 있을 것이다.

잠시 후, 왕이 엄숙하게 말을 이었다.

"이에 나는 크게는 국왕으로서, 작게는 가문의 수장으로서 이 문장의 디자이너인 '성훈'에게 상을 수여하고자 마음먹었다."

누가 반박을 하랴?

장내에 왕의 결단에 찬성하는 박수 소리가 울려 퍼졌다.

카심의 진영에서만 못마땅한 표정으로 형식적 박수를 쳤을 뿐!

하지만 왕의 말은 아직 끝나지 않았다.

"그리고 잘 알려지지는 않았으나, 이 문장이 왕가의 문장이 되게끔 뒤에서 조용히 노력한 사람이 있다."

'응?'

왕의 입에서 거론된 인물은 뻔했다.

눈치챈 카심의 얼굴에 먹구름이 끼었다.

"나는 그 노력 또한 마땅히 치하를 받아야 한다 생각했노라."

알리 쪽을 힐끔 쳐다보자, 그도 몰랐던 듯 눈을 마주치며 당황해 했다.

오직 말하는 당사자, 국왕과 아크람만이 평온한 표정이었을 뿐이다.

'아까는 아무 말도 없더니, 이거 한 방 먹었네.'

어쩌면 카심의 방해가 있을 것을 우려하여, 아무에게도 말을 하지 않았던 모양이다.

성훈이 작은 목소리로 말했다.

"이거 하나는 확실히 알겠군요."

압둘이 알리를 보며 말을 받았다.

"이제부터는 대놓고 자네를 밀어주겠다는 거!"

'이거 대박인데?'

몇 년 만에 왕이 주최하는 공식 행사.

아픈 몸을 끌고 나온 국왕.

그런데도 정치와는 전혀 상관이 없는 주제.

거기서 언급되는 유일한 왕자의 이름.

'그게 왕가의 명예를 높였다고 칭찬하는 거잖아.'

국왕에게 향하던 존경과 염려는 모두 알리에게로 그대로 옮겨갈 것이다.

어쩐지 조목조목 짚어가며 내 디자인을 칭찬할 때부터 뭔가 이상했다고!

거기다가 알리에게도 상을 수여한다?

기자들이 진을 친 이 마당에.

'이건 날 부르기 전에 이미 계획되었던 모양이군.'

아니, 어쩌면 다 써놓은 각본에 나라는 조연이 필요했던 걸지도 모른다.

'어쩐지 곧 관 뚜껑 덮을지도 모른다고 구라칠 때부터 알아봤어야 했는데.'

일 년 이내라는 조건은 왕의 건강을 고려한 계산이었던 것이다.

'미리 알았으면, 내가 조건을 제시했을 텐데…….'

하지만 상관없다.

'알리가 왕 되고 나서 뜯어먹으면 되니까.'

명분은 만들기 나름이고.

깔아준 멍석에서 춤을 쳐줬으니, 그 정도는 받아도 되겠지.

어쨌거나 불만은 없었다.

'나야 좋지. 알리가 힘을 받는다면.'

그리고 한쪽으로 자연스레 고개가 돌아갔다.

'우리가 이런데, 카심 쪽은 어떤 느낌일까?'

술렁거림의 중심에 그가 있었다.

"자미르. 이런 말이 있었나? 알리에게도 상을 내린다니?"

당황한 카심이 제 가슴을 가리키며 말을 이었다.

"이, 이게 이런 자리에서 상을 줘야 할 만큼의 큰 공이던가?"

당황스럽기는 자미르 또한 마찬가지였지만, 지금은 마음을 진정시켜야 할 때였다.

"부왕께서 아까 말씀하셨잖습니까! 하지만 그 말에서 딴죽을 걸 수 있는 것이 있습니까?"

그들 또한 차 엠블럼 대신 새로운 문장을 붙이고 다녔기 때문이다.

'그걸 붙이면 촌스러운 깃발을 달지 않아도 된다는 이유로.'

또한, 사우드 왕가 일원 외에는 아무도 그 문장을 사용할 수 없다.

그건 왕가의 문양이니까!

누구나 알고 있는 불문율이었고, 엠블럼 대신 사용하기에도 충분히 아름답고 세련되어 있었다.

평민과 자신들을 구분 짓고, 신분 격차를 드러내는 것!

그것은 문장이 가진 역기능이었다.

물론 그 때문에 함부로 경거망동하는 일도 줄었지만 말이다.

단지 '비싼 차.'가 아니라, 왕족의 '비싼 차!'

이 문장은 그들의 자부심뿐 아니라, 허영심을 만족시키기에 충분했고, 그리된 지도 어언 일 년이 넘었다.

그걸로 자랑하고 다녔는데, 어디에서 딴죽을 건다는 말인가?

"그렇다고 이렇게 앉아서 당하라고!"

흥분한 카심의 목소리가 절로 올라갔다.

"이럴 거면 적어도 부왕께서 내게 한마디 언질이라도 했어야 했던 거 아니야? 자미르. 뭐라고 말 좀 해보라고!"

어이없는 말에 자미르가 남몰래 눈살을 찌푸렸다.

'세상천지에 왕이 왕자 허락받고 일을 진행하는 경우가 어디 있습니까?'

하지만 이런 말을 지금의 카심에게 기름을 끼얹는 것.

카심의 손을 잡으며 달랬다.

"저도 금시초문입니다, 전하. 그리고 목소리를 낮추시지요. 지금은 부왕의 공식적인 행사입니다."

카심이 눈을 부릅뜨며 잇소리를 냈다.

"하지만 말이다."

목소리가 부들부들 떨리는 것으로 보아 심적 충격이 큰 모양이었다.

"일단 진정하시지요. 기자들도 와 있습니다. 이런 행동은 아무도 좋게 보지 않는다는 말입니다."

왕이 내놓은 한 수는 제대로 먹혔다.

'왜 그렇게 생각하냐고?'

카심의 진영이 눈에 띄게 동요하고 있거든.

이것으로 국왕은 자신의 의지를 일부 카심에게 전했다. 그리고 국민에게도.

'큭. 늙은 생강이 여간 맵지 않네.'

아크람이 매처럼 카심의 진영을 주시하고 있었다.

조급한 마음에 실수라도 하게 된다면, 아크람의 눈을 벗어날 수 없을 것이다.

'공으로 수십 년 동안 그 자리에 있었던 건 아니군.'

하지만 알리는 걱정이 앞서는 모양이었다.

"하지만 이런 식이면, 카심 형의 뒷공작이 장난이 아닐 텐데……."

압둘이라고 그 의미를 모르랴!

"어쩌겠나? 이미 벌어진 일, 이제부터는 자네 스스로 헤쳐 나가야지. 국민도 충분히 국왕의 의중을 이해했을 걸세."

어쩌면 국왕은 두 아들의 정면 승부를 바라는 것인지도 모른다.

적자생존, 약육강식!

하지만 내게는 왕이 아닌, 아비로서의 마음이 느껴졌다.

맏이를 믿고 모든 것을 맡겼건만, 보기 좋게 기대를 배신당했고, 셋째에게 넘기려고 하니 남은 힘이 이것밖에 없었으니.

'어쩌면 이게 왕이 공식적으로 해줄 수 있는 마지막 지원일지도 모릅니다.'

성훈이 비릿하게 웃었다.

"그럼 그 마지막 한 수, 제대로 써먹어야죠."

알 리가 물었다.

"뭔가 수가 있나?"

속으로 흐뭇하게 웃었다.

'아직 나는 수를 놓지도 않았다고요.'

왕이 선언했다.

"그래서 나는 이 문장을 왕가의 것으로 만들기 위해 노력한 알리에게도 상을 수여하고자 한다."

흥분한 카심의 소매를 잡으며 말했다.

"아직 우리에게는 쓰지 않은 패가 하나 있지 않습니까?"

"저 동양인 놈?"

"네."

"하지만 간사한 놈이잖아. 만약에 놈이 만약 마음이 바뀌어서 우리 말대로 하지 않으면 어떡하지?"

"그럼 제가 직접 나가서 말씀드리겠습니다."

"부왕께서 우리 말을 믿겠어?"

"물론 모함이라 생각하시겠지요."

"그럼 방법이 없는 거잖아."

자미르가 비릿하게 웃었다.

"그럼 알리 형을 부르면 됩니다."

"알아듣게 말하라고."

예상치 못한 답에 카심이 목소리를 높였다.

기자들이 자신들을 힐끗거렸지만, 지금 그게 중요한 것이 아니었다.

"저는 알리 형이 거짓말하는 모습을 본 적이 없습니다. 사십 년을 겪고도 모르십니까?"

그 말에 카심이 반박했다.

"하지만 지금은 차기 왕 자리가 걸린 거라고. 이런 상황에서 부왕의 기분을 거스를 말을 하겠냐고?"

"아직 알리 형을 모르시는군요. 그는……. 왕을 안 하면 안 했지. 거을 고할 사람이 아닙니다. 그는 그런 사람이니까."

주변의 기자들을 힐끔거리며 말을 이었다.

"그리고 이렇게 온 국민이 지켜보고 있는데, 그가 거짓말을 하겠습니까?"

"체면 깎이는 짓을 절대 안 하는 놈이지."

"제 잘난 멋에 사는 사람은 그게 약점입니다. 사소한 거짓말도 넘기지 못하지요. 스스로 자존심이 상해서 말이죠."

"크큭. 확실히 놈에게는 그런 면이 있지."

"그리고 우리는 알리 형의 입에서 단 한 문장만 끌어내면 됩니다. '이 문장을 만드는 데 걸린 시간이 한 시간도 채 되지 않았다.'"

자미르의 말에 카심의 눈이 번뜩였다.

"전하. 그것만으로 상황 종결! 그렇게 날림으로 만든 것을 부왕께서 인정하실 리가 없습니다. 부왕의 성격은 전하께서 가장 잘 아시잖습니까?"

"알다마다. '결과는 시간과 땀에 비례한다.' 부왕께서 입에 달고 사시는 말이지."

"생각해 보십시오, 전하. 알리 본인이 그렇다고 하는데, 부왕께서 안 믿으시겠습니까?"

그제야 카심이 숨을 골랐다.

"알리가 그렇게 할 거다? 확신할 수 있냐?"

끝까지 의심하는 카심이었다.

부처 눈에는 부처만 보이고, 돼지 눈에는 돼지만 보인다 하지 않던가?

카심 또한 이 범주를 벗어나지 못했다.

자미르가 뱀 같은 눈을 번들거렸다.

"여태껏 그 고지식한 성격 탓에 셀 수도 없는 손해를 봤지만, 바뀌지 않았습니다."

"그래도 만약 거짓을 고하면……."

카심의 염려에 단언하듯 말했다.

"스스로 수치스러워 왕을 양보할 인간입니다."

비릿하게 웃으며 말을 이었다.

"전하, 사람은 쉽게 바뀌지 않습니다."

아크람이 성훈을 앞으로 불렀다.

"예의를 갖추십시오."

공손하게 고개를 숙이며 왕에게 인사했다.

늘 하던 대로.

미국인에겐 미국말로, 일본인에게는 일본말로,

그리고 아랍인에게는 아랍말로.

"초대해 주셔서 감사합니다. 전하."

"엇! 저놈이?"

아까부터 그래 왔듯이 응당 영어로 말하리라 예상했었는데, 갑자기 아랍어로 대화를 하다니!

카심은 어안이 벙벙했다.

그보다 상황을 빨리 인식한 것은 자미르였다.

"저, 저, 저놈! 아랍어를 할 줄 알았잖아?"

그제야 카심의 얼굴이 사색이 되었다.

"저런 간교한 놈이 있나?"

평소라면 삿대질하며 비난했겠지만, 지금은 상황을 관망할 수밖에 없었다.

하지만 걱정되는 바는 다른 것이었다.

자신들의 대화를 다 들었으니, 그걸 왕에게 그대로 일러바칠 것이 아닌가?

"감쪽같이 사람을 속이다니."

"전하. 고정하시지요."

하지만 그의 귀에는 자미르의 간언이 들리지 않았다.

자미르를 돌아보며 눈을 부릅떴다.

"애초에 너 때문에 생긴 일이 아니냐?"

"네? 저, 전하!"

갑자기 자신에게로 돌아선 화살에 자미르는 잠시 정신을 차리지 못했다.

카심의 핀잔이 이어졌다.

"아랍어를 할 줄 아는지 제대로 파악하지도 않고, 경솔하게 판단한 너 때문이 아니냐!"

다짜고짜 책임을 묻는 카심에게 자미르는 황급히 고개를 숙였다.

"죄송합니다, 전하."

흥분한 카심에게 말대꾸를 해서 화를 돋울 생각은 추호도 없었다.

카심은 끓는 속을 다스리며 화를 참으려 노력하고 있었다.

'살면서 이렇게 농락당한 적이 있었던가?'

순간 카심의 화가 화르르 치솟아 올랐다.

"이익!"

"전하!"

자미르는 낮게 소리 지르며, 다급히 카심의 소매를 잡

았다.

벌떡 일어서서 고함을 치려는 것이 뻔했으니까.

평생을 사람들에게 둘러싸여, 듣고 싶은 말만 들으며 산 카심이었다.

그런 그에게 인내 따위의 감정을 요구한다는 게, 얼마나 어처구니없는 일인지 너무나 잘 알았지만, 그래도 지금은 막을 수밖에 없었다.

"왜!"

그는 자신의 행사를 방해하는 자미르에게 죽일 듯한 눈빛으로 으르릉거렸다.

자미르가 주변을 지적하며 말했다.

"지금은 때가 좋지 않습니다. 방송국에서 나와 있습니다. 고정하시지요."

"흥. 내가 저런 것들 눈치까지 봐야 해?"

"하지만 전하……."

카심은 듣기 싫다며 그의 손을 쳐냈다.

"편집하라고 해!"

그리고 벌떡 일어서서 고함쳤다.

결국, 자미르는 하고 싶었던 말을 속으로 삼킬 수밖에 없었다.

'이거 전국에 생중계되고 있단 말입니다!'

"네 이놈! 아랍어를 할 줄 알았던 거냐?"

카심의 일갈에 모두의 시선이 그곳으로 집중되었고, 인자하게 인사를 받던 왕의 얼굴에서 미소가 사라졌다.

뒷자리 노인들의 혀 차는 소리가 들렸다.

'여기가 어디라고 저리 경거망동하는 것인가?'

'가족회의라고 착각하는 것 아닌가? 쯧쯧.'

'맏이라는 녀석이 저리 엉덩이가 가벼워서야.'

'왕세자 자리에서 쫓아내기를 백번 잘하신 거야.'

작게 수군대는 소리였지만, 그 소리가 안 들릴 리가 없었다.

붉으락푸르락하는 카심에게 아크람이 엄중한 목소리로 말했다.

"카심 일왕자. 착석하시지요! 국왕께서 손님을 청하신 자리입니다."

"나서지 마시오. 아크람! 저 사람은 우리 왕가를 능멸한 놈이오."

그 말을 들으며 속으로 코웃음 쳤다.

'너랑 싸우면 왕가를 능멸한 거냐? 네가 왕가냐?'

물론 싸운 대상이 왕이라면 이야기가 다르지만 말이다.

'누가 저를 욕하면 망설임 없이 미사일 스위치를 누를 놈이네. 왕가를 능멸했다고 말이야.

자미르가 곤란한 표정으로 그에게 진정하기를 종용하고 있었다.

"전하. 그런 말은 알리를 유리하게 만들어줄 뿐입니다."

하지만 카심은 나를 노려보며, 앉기를 거부하고 있었다.

난처한 표정을 지었지만, 속으로는 각본대로의 전개됨에 흐뭇한 웃음을 짓고 있었다.

'그럼! 그냥 앉으면 안 되지! 카심. 이런 반응을 보려고, 지금까지 그 수모를 참았던 건데.'

자제심을 가지고 자리에 앉으면, 내 각본과 어긋나지.

내 각본에 따르면, 네가 난리를 치고 국민에게 미운털이 잔뜩 박혀야 하는 거라고.

"아까 어디서 왔느냐고 했을 때, 뭐라고 했더냐?"

"음....... 아마도 서툴다라고 했던 것 같습니다만."

"동문서답이 아니냐?"

"빠른 말이라 외국인인 저로서는 알아듣기 힘들었사옵니다."

카심의 눈 아래가 씰룩거렸다.

뭔가를 말하고 싶은데, 아직 정리되지 않은 모습으로 보였다.

그에게 말했다.

"그리고 그 말은 자미르 전하께서 하신 말씀이십니다만."

내가 널 언제 능멸했냐고?

자미르를 보며 말을 이었다.

"오해를 당한 것에 화를 내도 자미르 전하께서 내셔야지. 왜……."

"그럼 왜 지금은? 통역도 없이 부왕과는 왜 그리 잘도 말하는 것이냐?"

'잘해도 지랄이냐?'

입꼬리를 올리며 대답했다.

"아까 말씀드렸다시피, 저는 아랍말이 서툽니다."

카심이 코웃음 쳤다.

"전혀 서툴지 않은데? 아랍에서 몇 년 산 것 같군그래."

"제가 긴장하면 좀 잘합니다. 그리고 무엇보다 국왕께서는 외국인인 저를 배려하여 천천히 말씀해 주시는군요."

나이가 있고, 몸이 건강하지 않아 천천히 말하는 거지만, 결과적으로는 같다.

왕도 내가 시치미 뗀다는 건 알고 있으리라.

아까는 잘도 대화했으니까.

하지만 왕의 눈을 피하며 둘러댔다.

"지금도 겨우겨우 알아들을 뿐입니다. 어디 아까의 그것과 비교가 되겠습니까?"

내 뻔뻔한 대답에 대응할 말이 궁해진 카심을, 자미르가 끌어 앉혔다.

"일단 고정하시지요."

"고정하게 생겼냐고? 녀석은 우리 말을 다 들었다고."

그의 걱정에 자미르가 차분하게 말했다.

"우리가 무슨 말을 했다고 한들, 녀석은 우리에게 직접적인 피해를 줄 수 없습니다."

느긋한 자미르가 마음에 들지 않았던 모양이다.

"그리 편하게 생각할 게 아니야. 놈은 우리 계획을 다 안다고. 그걸 부왕께 말해 버리면……."

"증거가 어디 있습니까? 저놈의 말뿐입니다. 그리고 부왕께서도 형제들 싸움에 외부인이 끼어들기를 원치는 않으실 겁니다."

자미르의 말은 충분히 설득력이 있었다.

"저 동양인이 말을 한다고 해도, 그것을 뭔가가 결정되는 일은 없다는 말이지요."

카심은 고개를 끄덕이면서도 켕기는 것이 있는지 질문을 이었다.

"그럼 이브라힘이나……. 그 녀석들은……."

"그 비슷한 놈들은 널리고 널렸습니다. 아시잖습니까? 지난 30년 동안 전하께 신세 지지 않은 자가 얼마나 되겠습니까?"

자미르가 눈썹을 으쓱이며, 카심을 설득했다.

"제가 다 알아서 하겠습니다. 저만 믿으시지요."

"그래도 부왕께서는 화를 내시겠지?"

"고작 알리에게 흠집 내겠다고 한 게, 뭐 그리 대수겠습니까?"

그 말에 자미르가 피식 웃었다.

"정히 화가 나시면 부르시겠지요. 그럼 혼 한 번 나면 됩니다. 전하를 죽이시겠습니까? 아니면 국방부 장관 자리에서 쫓아내기를 하시겠습니까? 무슨 명분으로요? 안 그렇습니까?"

자미르의 설득은 통했다.

"부왕! 제가 잠시 착각을 했나 봅니다. 무례를 저지른 벌 달게 받겠습니다. 죄송합니다."

고개를 숙이고 자리에 앉았다.

그러고는 나를 죽일 듯이 노려보며, 엄지를 아래로 내리찍었다.

"으드득! 내 반드시 네놈을 씹어먹고 말겠다. 감히 이 카심을 농락하다니."

그의 무시무시한 시선을 가벼운 눈웃음으로 흘려 넘겼다.

'카심! 왜 저렇게 확신하는 거냐? 네게 나를 박살 낼 기회가 있을 거라고?'

이제 예정된 한 수를 던져야 할 때였다.

'더는 네놈이 왕처럼 구는 꼬락서니를 보는 것도 한계라고.'

어차피 던지고 나면 외통수다.

카심이 아니라, 국왕에게 던지는 외통수!

받고 나면 답을 해야 한다.

하지만 외통수가 잔인한 이유는 피할 곳이 없기 때문이리라.

정해진 답 외에는 할 수 없다.

'늙은 왕에게는 가혹한 한 수가 될 테지.'

왕이 미안한 표정으로 말했다.

"미안하오, 성훈. 손님을 초대해 놓고, 실례를 저질렀네."

공식적인 자리에서 위엄을 훼손당했지만, 그는 평온을 가장하며 다시 이야기를 진행하려 했다.

맏아들의 실수를 아무것도 아닌 것으로 넘기려는 늙은 왕의 몸부림이었다.

'알리를 왕으로 세우고 싶으면서도, 카심을 매장하고 싶지는 않겠지.'

그가 진정 바라는 것은 누가 왕이 되어도 좋으니, 알리와 카심이 서로 자기 자리에 만족하면 사는 것이 아닐까?

서로 상종하지 않아도 좋으니, 헐뜯고 싸우지만 않아도 왕은 만족할 것이다.

'그건 당신의 욕심입니다. 당신의 맏아들은 실패작입니다. 전혀 반성하지 않았습니다.'

당신도 뻔히 알면서 외면하고 있을 뿐!

기회는 지금뿐이었다.

어설프게 시간을 끌다가는 저 카심과 자미르가 무슨 계교를 꾸밀지 모른다.

인정을 두고 당하느니, 한 방에 급소를 찌르겠다.

국왕의 사과를 받았으니, 나 또한 답례를 해야 할 터!

드러나지 않게 심호흡하며 가슴을 부풀렸다.

아무렇지 않은 듯 웃으며 말했다.

"뭔가 오해가 있었던 모양입니다."

"허허. 그렇게 생각해 주니 고맙소."

"아마도……."

왕이 다시금 인자한 얼굴로 돌아와, 내가 말을 끝맺도록 종용했다.

"아마도?"

"왕세자 전하께서는 제가 약속을 지키지 않는다는 오해를 하신 것 같습니다."

자칭 왕세자 카심과 눈을 마주쳤다.

하얗게 질린 그를 보며 말을 이었다.

"오해하게 해서 죄송합니다. 왕세자 전하! 아까 전하와 약조했던 것들은 반드시 지킬 것이니, 너무 염려하지 마십시오."

찬물을 끼얹은 듯, 연회장에 침묵이 내려앉았다.

국왕도, 알리도, 카심도, 그리고 다른 왕족과 방송국 관계자들까지.

'좋아!'

전혀 분위기를 모르는 듯 시치미를 뚝 떼고 말을 이었다.

'이제부터 지옥의 시작이다.'

명분이 없어서 못 한다고 했던가?

'그 명분! 내가 만들어주겠다.'

지금까지 나는 국왕이 깔아놓은 멍석에서 내 역할을 다했다고.

'이제 당신 차례입니다. 내가 짠 판에서 당신의 결심을 보이라고.'

세상에는 참을 수 없는 것들이 있다.

아니, 참아서는 안 되는 것이 있다.

기쁨? 분노? 슬픔? 즐거움?

내 생각은?

권위에 대한 도전이 아닐까?

권력은 나눌 수 없다.

평화적으로 정통 승계되거나, 혹은 빼앗아 쟁취하는 것뿐!

'왕세자 자리를 박탈하면서, 어차피 평화적 승계는 물 건너갔잖아? 안 그래?'

그런데 쫓겨난 왕세자가 아직도 왕세자라는 호칭으로 불린다고?

중세 시대였다면 목이 달아날 일이지!

그러므로 왕 앞에서 카심을 왕세자라 부를 담량이 있는 인물은, 적어도 사우디아라비아에서는 결단코 없을 것이다.

나?

난 외국인이잖아!

거기다 손님이고!

내가 카심을 왕세자라 부른다고, 그를 왕으로 추대할 수나 있어?

나한테 누가 직접적으로 가르쳐줬냐고?

알리가 말했지만…….

'기필코 까먹었다고 할 거다!'

카심에게 혁명의 마음이 있든 없든, 그게 뭐가 중요한가?

사우디아라비아 공식 석상에서 사라진 지, 일 년도 넘은 단어가 나왔다는 거지?

누군가는 의문을 제기하겠지?

저 동양인이 그 말을 어디서 들었을까?

그냥 나이가 가장 많은 왕자라서 그렇게 부른 거 아닐까?

실수였겠지.

'훗! 걱정하지 마라. 칼은 한 자루가 아니니까!'

한 번에 안 죽으면, 두 번 세 번이라도 찌른다.

죽을 때까지!

국왕의 얼굴이 바위처럼 굳었다.

"끄응."

아무리 경거망동하는 아들이라도 감싸주고 싶은 아비의

마음,

    그리고 왕으로서 마땅히 해야 할 행동.

    '갈등하겠지. 하지만 안 돼!'

    당신이 용서하고 싶어도, 당신의 백성들이 용서할 수 없을 테니까!

    침묵을 끊은 사람은 아크람이었다.

    그는 입술을 꾹 다문 채 말을 잇지 못하는, 왕의 심기를 살피며 조심스레 물었다.

    "성훈 님. 혹시 아까 하셨던 말씀……. 다시 해주실 수 있는지요?"

    아크람에게 미소를 보내며 말했다.

    "네? 당연히 기분 나쁠 수 있다는 말이요?"

    이 순간 그는 내가 엄청 미웠으리라.

    그와 왕은 내가 연기한다는 걸, 어느 정도 눈치챘을 테니까.

    아크람이 억지스러운 미소를 띠며 물었다.

    "그 전에……."

    "카심 왕자님께서……."

    굳이 그걸 확인해야만 하는 그의 입장에서도 고통스러웠으리라 확신한다.

    모른 척 넘어갈 수도 있지 않았느냐고?

    전 국민이 생방송으로 시청하는 이 판국에?

    국왕의 권위가 땅바닥으로 떨어질 텐데?

지금 상황의 사후처리가 잘못되어도, 결과는 마찬가지다.

왕을 중심으로 이뤄지는 정치.

뒤는 뻔하지 않은가?

왕국에서 국왕이 권위를 잃으면, 나라는 망한다.

떨떠름한 표정으로 아크람이 물었다.

"아니……. 호칭을 어찌하셨는지?"

그 표정은 이렇게 말하고 있었다.

'이미 속셈은 알고 있으니, 뜸 들이지 말고, 얼른 말 하시지!'

"아!"

환하게 웃으며 말을 이었다.

"왕세자 전하께서……."

카심의 낯빛은 누렇게 변했고, 내 말을 확인한 왕과 아크람의 입에서는 신음성이 터져 나왔다.

"끄응!"

그들의 똥 씹은 표정을 보며 반문했다.

"뭐가 잘못되었나요? 아크람?"

이때의 내 표정은 아무것도 모르는 외국인, 그것이었으리라.

카심이 시커멓게 썩은 얼굴로 중얼거렸다.

"빌어먹을……."

신음성을 내뱉은 아크람이 말했다.

"성훈 님. 국왕께서는 일 년 전, 카심 일왕자의 왕세자 자격을 폐하셨습니다.

"아! 죄송합니다. 제가 습관적으로……."

내 말에 알리가 어떤 표정을 지었을지는 굳이 확인해 보지 않아도 알 수 있었다.

이따가 길길이 날뛰며 화를 내겠지.

'내가 부왕 앞에서 그 왕세자라는 말을 하지 말라고 한 지, 오 분이 지났나? 십 분이 지났나?'

어쩌라고! 이미 내뱉었는데!

그때도 뻔뻔스럽게 습관이라고 뻗댈 거다.

'다 저 좋으라고 한 일인데, 고지식하기는. 쯧쯧.'

그러니까 이런 쓰레기들한테 당하고 살지!

아크람과 대화하는 동안, 왕은 눈과 입을 닫은 채, 생각에 잠겨 있었다.

심경이 실타래처럼 엉켜 있을 터.

'장고 끝에 악수를 둔다고요. 전하.'

이미 일은 터졌다. 그가 의도했든 아니든.

그에게 결단을 종용해야 했다.

"제가 예법을 잘 몰라, 실례를 한 것 같습니다."

귀는 열어 뒀던 모양, 왕은 천천히 눈을 떴다.

"실례랄 게 뭐 있겠나? 그걸 가르쳐 준 자들이 문제지."

앞에 자리한 왕자들을 둘러보며 말을 이었다.

"또한! 그걸 단속하지 못한 내 잘못이고."

무슨 변명거리가 있으랴?

카심을 비롯한 모두가 머리를 조아렸다.

한숨을 내쉬며 왕이 말했다.

"아크람이 물어볼 게 있을 걸세. 귀찮더라도 좀 협조해 주겠나? 성훈."

카심의 긴장된 눈빛이 보였다.

그리고 자미르가 카심의 추종자들과 뭔가 다급하게 이야기하는 모습도 눈에 들어왔다.

'자미르. 개인적인 감정은 별로 없어. 있다면 눈곱만큼이나 될까?'

나를 무시해서라거나, 혹은 내 조국을 무시해서 그런 건 아니야.

이건 일일 뿐이라고!

어떤 패를 가지고 있을까?

'남몰래 숨겨둔 비장의 패가 있다면 몰라도, 그렇지 않으면 파멸을 각오해야 할 거다.'

내가 왜 이렇게 자신만만하냐고?

놈들의 상대는 내가 아니라 왕이거든.

내가 직접 저들을 상대했다면, 당장 힘으로 찍어눌렀겠지.

그건 방송국에서 나와 있다고 해도 마찬가지였을 터.

강압으로 상황을 모면하고 뒷공작을 꾸미는 데는 익숙한 사람들로 보였으니까.

'바위에 주먹을 쳐 봐야 손만 아프지, 실익이 없다고. 내가 그런 무모한 20대 청춘도 아니고.'

내 집안일도 아닌데, 굳이 내 손을 쓸 이유도 없질 않나?

카심과 자리를 보며 피식 웃었다.

'열심히 발버둥 쳐 봐.'

어지간한 패로는 이 상황을 뒤집기 어려울 거다.

절대 안 받을 테니까.

나도. 그리고 왕도.

아까 국왕이 했던, 알리를 후계로 세우려 한다던, 그 말이 진심이라면, 왕은 절대로 패를 받지 않는다.

가끔 바둑을 두다 보면 그런 경우 있지 않나?

상대는 생사패로 보고 덤비지만, 내게는 꽃놀이패인 경우.

기껏 돌 몇 개를 살리기 위해, 대마를 죽이는 멍청이는 없다. 절대로!

성훈이 고개를 끄덕였다.

"네. 원하신다면."

왕은 심히 피곤한 듯, 왕좌에 비스듬히 기댔다.

그리고 눈을 감으며 엄지로 미간을 꾹 눌렀다.

"아크람. 계속해 주겠나?"

아크람이 고개를 숙였다.

"네. 전하."

그 짧은 순간에 그의 머리에는 수많은 생각이 오갔다.

'드디어 결심을 하신 것인가?'

능청스럽게도, 어리숙한 연기를 하고 있는 저 어린 손님이 국왕의 옆구리를 찔렀다.

벌떡 일어서지 않고는 못 견디게!

그것도 빼도 박도 못하는 순간에 말이다.

'얄미울 정도로 절묘한 타이밍이 아닌가!'

굳이 보지 않아도 느낄 수 있었다.

일촉즉발의 분위기.

아크람 또한 긴장되기는 마찬가지였다.

'허허. 여기서 이게 터질 거라고는 예상하지도 못했다네.'

예상하지 못했던 만큼, 그 여파도 가늠하기 어려웠다.

경솔함의 대가를 치르는 것은 당연하지만, 온 국민이 지켜보는 중이니, 인정과 꼼수를 곁들이기도 어렵다.

성훈이 알고 있는 바가 어디까지인지 모르니, 일단은 진행을 하면서 추이를 지켜봐야 하리라.

고개를 든 아크람이 물었다.

"성훈 님. 왜 카심 일왕자를 왕세자라 칭했는지 여쭤도 되겠습니까?"

심문하는 분위기!

이런 분위기를 싫어하는 사람도 있겠지만, 나는 대환영이었다.

'내 말 한 마디 한 마디가 모두 살생부라고. 크크.'

그리고 아크람이 굳이 이유를 묻는 것은 절차에 불과했다.

'다음에는 누가 그렇게 불렀는지를 묻겠지.'

이미 일은 터졌고, 희생양이 필요하다.

그 희생양의 명부는 내 입에서 나오는 이름이지.

기대대로 일이 흘러가자, 속으로는 웃음이 터졌지만, 심각한 척하며 카심 쪽으로 눈을 돌렸다.

'긴장해라. 난쟁이 똥자루. 그리고 쓰레기들. 싸그리 정리를 해주지.'

간절한 눈빛의 카심이 보였다.

아까의 고압적인 위세는 사라지고 없었다.

그 떨리는 눈동자가 말했다.

'제발!'

그 간절함에 미소로 답했다.

방긋!

'봐주면 뒤통수를 칠 놈이! 무슨 개소리를!'

아크람을 보며 말했다.

전혀 사심 없는 목소리로.

"다들 그렇게 부르던데요?"

미간을 모으며 고개를 갸웃했다.

"혹시 제가 실례되는 행동이라도 한 겁니까? 아크람?"

알리와 압둘이 뜨악 하는 얼굴로 벌어진 입을 다물지 못하고 있었다.

멀뚱멀뚱한 눈으로 카메라를 바라봤다.

남들이 다 그렇게 불러서 나도 그랬다는데 왜!

'어쩌라고!'

미안하지 않으냐고?

'내가 왜? 전혀!'

스스로 판 무덤이라고.

난 거기에 손가락 하나 보탠 것뿐이야.

살짝 뒤를 밀어준 것뿐이라고.

오른손 중지로 아주 살짝!

'양심의 가책 같은 소리 하고 자빠졌네.'

머리털 검은 짐승은 봐주면 기어오른다.

아크람의 얼굴도 사색이 되었다.

눈 밑의 씰룩거림을 조절할 수가 없었다.

'성훈, 왕가를 털어버리자는 말이오?'

이 일은 사우드 왕가 최대 최악의 스캔들이 될 것이다. 그게 아니라면 반역의 단초가 되든지.

구석에 몰린 쥐는 고양이를 무는 법.

상황이 상황이니만치, 숨죽이고 있던 카심의 쪽에서 강한 항의가 터져 나왔다.

이제 막 서른이 되었을까 싶은 젊은 왕자였다.

"다들? 뭐가 다들이오? 아크람은 우리 이름도 모르는 저 외국인 나부랭이의 말을 믿는다는 말이오?"

씩씩대는 목소리가 그의 분노를 대변하고 있었다.

그와 정면으로 눈을 마주쳤다.

'예상하고 있었다고!'

모진 목숨. 허술하게 버릴 수 없잖아.

하지만 실수한 게 뭔지 알아?

위기의 상황에서는 최악의 결과를 가정하고 신중하게 움직여야 해!

사신이 낫을 휘두르는데, 제일 먼저 목 내미는 멍청한 두더지가 어떤 최후를 맞이할지 생각해 봤어?

'아랍에는 이런 격언이 없나 보지? 가만히 있으면 중간이라도 간다!'

그의 뒤에서 자미르가 뱀 같은 눈을 흘기며, 나를 훔쳐보고 있었다.

'저 멍청이를 시험 삼아 내보냈구만.'

잃을 게 없다고 생각하겠지. 내가 이름을 말하지 못하면, 내 말의 신빙성이 사라질 테니.

어차피 제 이름만 거론되지 않으면 흐지부지 넘어갈 수 있다 생각하겠지.
속에 훤히 보이는 한 수였다.
어쩔 거야? 이 많은 사람을 다 날릴 거야?
이거겠지.
'차라리 손으로 하늘을 가려라.'
자미르, 네놈은 정말, 국민 알기를 길가의 돌멩이로 여기는구나.

아크람이 인상을 찌푸렸다.
"손님에 대한 예의를 지켜주십시오."
말한 사람이 버럭 고함을 질렀다.
"하지도 않은 말로 오해를 받았는데, 무슨 예의는 예의입니까?"
속으로 웃음이 나왔다.
'그래! 당연하지. 당장 죽게 생겼는데, 예의 따위가 무슨 소용 있어?'
그가 나를 죽일 듯한 눈으로 노려보고 있었다.
'너! 왜 그렇게 생각하지? 아까 자미르 옆에 있던 놈이잖아. 이름이 카심이었지?'

아크람도 고개를 끄덕였다.

예법상으로는 문제가 있지만, 그 말에 오류가 있는 것은 아니지 않나?

'일단 적당히 얼버무려야겠군.'

썩은 부분을 도려내는 것도 중요하지만, 일단 살리고 봐야 한다는 게 그의 생각이었다.

"성훈 님. 저 말도 일리가 있군요. 혹시 그 말을 한 사람의 이름을 말씀해 주실 수 있는지요?"

터져 나오는 웃음을 꾹꾹 눌렀다.

'개작두에 스스로 목을 들이미는구나. 카심! 네가 첫 빠따다!'

카심이 나를 다그쳤다.

"저거 보시오. 아무 말도 못 하고 있지 않소? 저런 자의 말을 신뢰할 수 있다는 말입니까?"

어처구니가 없어서, 저절로 웃음이 나왔다.

카심이 분노했다.

"지금 상황을 이 지경으로 만들어놓고, 지금 웃음으로 얼버무린다는 건가?"

그가 왕에게 항변했다.

"저자는 알리 왕자의 친구라 했습니다. 이는 필시 알리 왕자가 카심 일왕자를 음해하려는 수작임이 분명······."

그 뒤에 숨어서 자미르가 음흉하게 웃고 있었다.

'내가 왜 웃는지는 생각 안 해 봤지? 자미르.'

왜 웃냐고?

'내가 저놈 이름을 기억하면, 내 말의 신빙성이 100%가 된다는 사실은 생각 안 하나?'

그게 아니면 나를 띄엄띄엄 머저리로 봤다는 거겠지.

입꼬리가 점점 올라갔다.

'미안해! 자미르. 머저리가 아니라서.'

격해지는 분위기 속에 모두의 시선이 내게로 향했다.

웃으며 입을 열었다.

"카심 왕자님. 제가 어찌 왕자님을 기억하지 못하겠습니까?"

저 보라며, 길길이 날뛰던 카심이 고성을 멈췄다.

이때쯤 내 입꼬리가 눈에 닿아 있었을 거야. 아마.

'이제 상황 파악이 돼?'

벌겠던 카심의 이마가 새파랗게 질렸다.

"무, 무슨. 뭘 기억한다고?"

피식 웃으며 말을 이었다.

하지만 눈은 카심과 자미르를 향하고 있었다.

둘이 눈을 부릅뜨고 노려본다.

"아까 왕세자, 아! 죄송합니다. 하도 많이 듣다 보니 습관이 돼서······."

다 보인다고.

이 말을 할 때마다 사람들이 움찔하는 게.

TV를 보고 있는 국민은 어떨까?

머쓱하게 뒤통수를 긁자, 아크람이 씁쓸하게 웃으며 말했다.

"괜찮습니다. 앞으로 주의하시면 되지요. 계속 말씀하십시오."

어깨를 으쓱하며 말을 이었다.

"아까 그 왕ㅅ…… 아니, 카심 왕자님께 떼쓰는 걸 다 봤다고요."

"뭐? 내가 언제?"

눈을 부라리는 그를 직시하며 말했다.

"아까 들은 그대로 말할까요?"

"흥! 누가 겁먹을 줄 알아! 어디! 말해 봐!"

'강아지도 안 되는 게, 네 집 안마당이라고 짖고 보는 거냐?'

주제도 모르고, 분위기 파악도 안 되는 어린놈이 내 앞에서 으름장을 놓고 있었다.

'난 멍석 깔아주면 못하는 그런 사람이 아니라고.'

죽여달라면 죽여줘야지!

어차피 이런 놈은 알리에게도 전혀 불필요한 존재였다.

물론 나도 이놈하고는 엮이기 싫고.

"카심 일왕자가 국왕이 되……."

하지만 내 말은 다른 이의 발언 때문에 끊어지고 말았다.

"부왕! 꼭 들으셔야 할 말이 있습니다."

연회장이 들썩거릴 정도로 큰 소리가 들렸.

자미르였다.

'그래. 똥줄이 타겠지?'

내가 무슨 말을 하려는지, 누구보다 잘 알고 있을 테니 말이다.

아크람이 그의 말을 저지했다.

"국왕께서 듣고 계십니다. 어찌 이런……."

뒷자리 노인들의 혀 차는 소리가 들렸다.

'왕세자 폐위를 당했으면, 자중했어야지.'

'너무 오래 그 자리에 있었소. 그럴 만도 하지.'

'그럴 만도 하지? 국왕이 포커 해서 따는 자리요? 자격이 없으면 응당 내쳐야지!'

죽을 날이 얼마 남지 않아서일까?

카심을 비난하는 데 전혀 거리낌이 없었다.

고개를 푹 숙인 카심은 이 자리가 얼른 끝나기만 기다리고 있겠지.

'끝나면 돌아갈 자리가 없을 거야. 내가 그렇게 만들어주겠지만.'

돌아간다 해도 원래의 그 자리는 아닐 것이다.

'감히 내 사람을 건드려? 죽을라고.'

자미르가 떨리는 목소리로 항변했다.

"억울합니다. 저자는 애초부터 우리를 속이려고 우리말을 못하는 척하고 우리에게 접근했습니다."

개소리!

내가 문장 얘기밖에 더했냐?

날 응접실로 부른 건 저 카심이라고!

자미르의 말이 이어졌다.

"부왕. 저 동양인이 하는 말을 전부 믿으시면 안 됩니다. 악의에 찬 거짓입니다."

억울함이 잔뜩 묻어나는 목소리.

'누가 들으면 진짜인 줄 알겠네.'

아크람이 내게 눈짓하며 의중을 물었다.

고개를 끄덕였다.

'그래. 해봐라.'

카심의 정치적 기반을 소멸시키고, 알리를 띄우는 자리였다.

어느 쪽이든 의혹이 남아서는 국민을 완벽하게 이해시키기 어렵다.

'흠 없는 왕을 만들고 싶다고.'

내놔라.

네놈이 자신하는 한 수를.

그래 봤자 안 되겠지만.

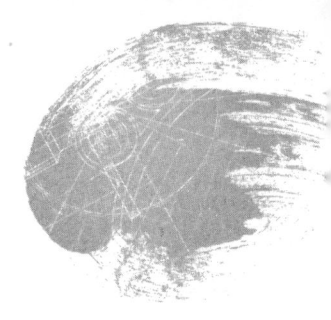

악의에 찬 거짓이라는 열변이 효과가 있었던 것인가?

왕의 감겼던 눈이 스스륵 열렸다.

힘없이 의자에 늘어진 몸과는 달리, 눈빛은 총총했다.

'말해 보라. 뭐가 악의이고, 어떤 거짓인지?'

왕의 눈동자가 묻고 있었다.

자신의 말이 통한다고 생각했는지, 자미르의 음성에 힘이 들어갔다.

"부왕께서 항상 말씀하셨습니다. '결과는 시간과 땀에 비례한다.'고."

국왕의 말버릇에 악센트를 주며, 자미르는 왕과 눈을 맞췄다.

"그렇지 않습니까? 부왕?"

왕의 주름진 눈매가 꿈틀거렸다.

제 가슴을 치며 말을 이었다.

"이 문장은 고작! 한 시간도 안 되어서 만들어졌다 하더이다. 그것도 조각하는 시간을 제외하면 채 삼십 분도 걸리지 않았다 하더군요."

그리고 내게로 눈을 돌렸다.

"그렇지 않은가? 동양인!"

그의 시선을 정면으로 맞받았다.

'그게 네가 내놓은 비장의 패인가?'

패란 말이다.

상대가 받지 않으면 안 되는 상황에서 내놓는 거라고.

그리고.

'끝까지 동양인인가?'

그에게 말했다.

"김. 성훈입니다."

"흥! 그걸 답변이라고 내놓는 건가?"

씁쓸하게 웃었다.

'네가 누구에게 당하는지 정도는 알아야 할 것 같아서 말이다.'

"한국에서 온 김. 성. 훈. 입니다."

그리고 왕에게 말했다.

"저 말에 거짓은 없습니다."

자미르의 얼굴에 득의양양한 미소가 떠올랐다.

'이제 당신 차례라고. 국왕!'

아까 왕과 아크람의 만남에서 확신했던 건, 알리의 뒤를 밀고 있다는 거였다.

그렇다면 알리에게 흠집이 될 행동은 하지 않을 거다.

막아준다는 거지.

세종이 온전한 정치를 하도록 하려고, 태종이 온갖 비난을 각오하고 정적을 스스로의 손으로 모두 처단한 것처럼.

'내가 아까 그랬지?'

그깟 사석 하나 때문에 대마를 버리는 멍청이는 없다고.

왕이 저 말을 듣고, 속으로 분노한다고 해도 마찬가지!

문장 하나 때문에 알리라는 큰 대들보를 버릴 왕이 아니었다.

그리고 그건 확신이었다.

'왜 그렇게 왕과 아크람의 말을 신뢰하느냐고?'

그들이 나를 속일 이유가 없잖아.

애초에 만리타국에 있는 나를 초대할 이유도 없다고.

나라는 포석은 알리를 부상시키기 위해, 아주 예전부터 계획되어 있었던 거라고.

그러니 의심할 여지가 없지.

하지만 지금 국왕의 결정이 내 생각과 다르다면?

그 가능성도 충분히 생각했다고.

내가 국왕에 대해 알고 있는 건, 아까 만난 게 전부니까.

'정에 흔들려 자미르의 말에 수긍할 수도 있겠지. 이대로 가면 카심 무리를 모두 쳐내야 하니까.'

그들 모두를 벌하는 것보다, 내게 주기로 한 상을 취소하고 이 연회 자체를 무위로 돌릴 수도 있겠지.

'그래도 상관없어. 난 또 다른 패를 내놓을 테니까!'

무슨 패가 그렇게 많으냐고?

내 눈앞에 고개 숙이며 눈 피하는 놈들이 모두 내게는 팻감이거든. 꽃놀이패.

서른 개의 패를 내놓으면서, 난 저놈들의 정치생명을 담보로 불꽃놀이를 할 거다.

한 놈을 조질 때마다 별이 떨어지는 거니까, 불꽃놀이라 할 만하지 않나?

고개 숙인 그들을 보며 비릿한 미소를 머금었다.

'아까 네놈들이 신나게 지껄인 말들이 모두 내 머릿속에 각인되어 있다고!'

왕의 답을 기다리기도 어려울 정도로 마음이 급했던 것인가?

"부왕. 저것 보십시오. 제 입으로 날림으로 만들었다고, 자백하고 있잖습니까?"

제 목숨이 걸리니, 주변의 찌푸린 시선 따위는 보이지도 않는 건가?

뒤에 자리한 원로들의 얼굴이 종잇장처럼 구겨졌다.

'감히 국왕의 결정을······.'

'국왕께서 문장 교체를 결정하실 때, 얼마나 많은 고민을 하셨는지는 알지도 못하는 어린 것이.'

그들의 불평만큼이나 왕의 얼굴도 구겨졌다.

왕국에서 건드리지 말아야 할 것.

그것은 왕의 위엄.

누누이 떠올렸던 거지만, 카심의 패거리들은 망각하고 있는 모양이었다.

자미르의 제 무덤 파는 소리를 조용히 경청하며, 슬며시 미소 지었다.

'더 파라. 깊게!'

한 번 들어가면 절대 나오지 못할 무저갱을.

왕의 불쾌함이 내게 농락당한 것으로 인한 거라 생각했던 모양이다.

경악한 표정으로 자미르가 말을 이었다.

"설마 모르셨던 겁니까?"

그는 과장된 표정으로 좌중에 호소했다.

"어떻게 이럴 수가 있습니까? 그럼 알리 형님께서 부왕께 제대로 고하지 않았다는 겁니까?"

물귀신 작전을 제대로 쓰려는 모양이다.

'어차피 당하게 생겼으니, 알리마저 끌고 들어가려는가 보네?'

기회라 생각했던가?

카심과 그의 무리가 벌떼처럼 일어났다.

"부왕! 이건 저 동양인의 농간입니다."

자미르의 눈이 번들거렸다.

'어떻게든 알리를 물고 들어가야 합니다.'

카심이 목소리를 높였다.

"부왕! 그냥 넘기실 일이 아닙니다. 이건 알리가 의도적으로 부왕을 농락한……."

그들의 청원은 왕의 일갈로 끝났다.

"닥쳐라!"

맨 뒤의 카메라맨이 움찔할 정도의 일갈!

카심이 억울한 심정을 온몸으로 표현했다.

"어찌 부왕께서는 이리도 알리만 편애하시는지요? 비록 소자가 한 번의 실수를……."

하지만 이어지는 그의 말을 아크람이 잘랐다.

"카심 일왕자께서는 국왕께서 말씀하신 것을 잠시 잊으신 모양입니다."

"이익!"

말을 끊은 것에 화를 내기도 전에, 아크람이 말을 이었다.

"그 문장 덕분에, 국왕께서는 오랜 근심을 해결하셨습니다. 국왕 전하 스스로 오만했다 하실 정도로 감탄하셨지요. 그리고 그것을……. 국왕께서는 '알라의 깨우치심!'이라 말씀하셨습니다."

아크람의 이 말은, 더는 문장의 가치를 비하하지 말라는 엄중한 경고였다.

왕에게 실례해도 큰일이지만, 알라에게 실례하면 신성모독이다.

나무에 묶여서 돌 맞아 죽는다.

이 경우에는 왕족이라 해도, 예외가 없다.

그런 사람들이 무슬림 아니던가?

부모 욕은 참아도, 알라 욕은 못 참는 사람들.

뜨끔한 카심이 손을 내저었다.

"그, 그런 의미가 아닌 건, 아크람도 아시잖소. 전 그저 부왕께 냉정한 판단을 부탁드렸을 뿐이었습니다."

심호흡으로 숨을 가다듬은 왕이 말했다.

"아크람의 말이 맞다. 문장의 탄생은 순간적이었는지는 몰라도, 그 채택 과정은 충분한 시간을 들였고, 왕가의 원로들과 논의 후 결정된 것이다."

모두를 둘러보며 말을 이었다.

"늘 말했듯, 시간과 땀은 물론 중요하다. 하지만 인간의 의지로 되지 않는 것. 그것을 나는 간과하고 있었다. 그런 궁지에 처했을 때, 인간이 할 수 있는 것은 알라께 간구하는 것

뿐! 이 문장은 그 간절한 기도에 대한 알라의 응답이었다."

국왕의 입장은 명료해졌다.

그리고 자미르의 패는 허공으로 사라졌다.

성훈이 피식 웃으며, 아크람에게 눈짓했다.

'아까 저놈 때문에 내 말이 끊겼다고요.'

아크람의 등줄기가 서늘해졌다.

저 눈빛이 뭔지를 너무나 잘 알기 때문이다.

지금까지는 긴장하며 상황을 관망하는 느낌이었다면, 지금은 완연한 포식자의 눈빛.

'다 죽여버린다!'

사자로 군림했던 왕자들이, 그의 눈빛이 지나갈 때마다 눈을 피하며 고개 숙이기 바쁘다.

'골치가 아프군.'

골치만 아프면 다행이게, 해결책이 없다.

자미르의 어쭙잖은 패 때문에 성훈은 상황을 완전히 파악해버렸다.

더 이상 내놓을 카드가 없는 카심들.

왕 앞에 선 성훈에게서 표현하기 어려운 피비린내가 느껴졌다.

확연한 입장 차이!

왕가를 지켜야 하는 아크람의 입장.

그리고 알리만 살아남으면 된다는, 아니, 알리 빼고는 다 죽여버리는 것이 더 편한 성훈의 입장.

성훈에 대한 알리의 신뢰를 잘 알기에 그를 초대했다.

절대로 알리를 배신하지 않는다는 확신.

그렇게 알리의 성공적인 정계 데뷔를 위해 초대했던 저 손님은, 후폭풍이 두려워 아무도 건드리지 못했던 왕국의 급소를 찔렀고, 고름을 모두 짜내겠다며 입맛을 다시고 있다.

아크람은 머리를 빠르게 회전시켰다.

'지금! 누가 상황을 주도하고 있는가?'

국왕?

지금 분노로 제정신이 아닐 터!

원로들?

국왕과 똑같이 분개하고 있었다.

카심과 왕자들?

벌벌 떨며 눈을 피하기 바쁘지.

방송국 사람들?

이 여파가 어디까지 미칠 것인지, 눈을 초롱초롱 빛내며 보고 있었다.

'지금쯤 전 국민이 분노하고 있을 터!'

왕국의 아픈 부분을 살살 긁으며, 여론을 제 편으로 만들었다.

나이만 먹었지, 경험이 부족한 왕자들은 하나도 남김없이 저 그물에 걸려들었고!

'이를 어쩌면 좋을꼬!'

여우 새끼라 생각하고 불렀더니, 다 큰 범이었다.

그것도 송곳니가 시퍼렇게 날이 선!

한국으로 향했던 발을 찍어버리고 싶었지만, 이미 벌어진 일을 어쩌랴!

"끄응."

아크람의 입에서 단발성의 신음이 나왔다.

'어디까지 밀어드리리까?'

고작 이 정도로 끝을 보려고 승부수를 던졌던 게 아니라고요!

그를 독촉할 필요가 있었다.

아직은 그를 확실한 내 편으로 분류하기 어렵거든.

'그는 국왕의 사람이지. 지금은 알리 편을 들고 있지만, 저 우유부단한 왕이 원한다면, 저 머저리를 최대한 구해낼 사람이지. 물론 알리에게 해가 되지 않는 범위에서겠지만.'

그건 그의 판단이고, 난 저런 머저리 따위는 없어도 그만이다.

어차피 석유로 지탱되는 나라잖아!

저것들이 하는 일이 뭐 있다고.

왕족 대신 평민으로 채워놔도, 이 나라는 별 탈 없이 돌아간다고 확신한다.

왜 잘 알지도 못하면서, 왕에게 우유부단하다고 하냐고?

그때 아크람이 카심을 국방부 장관 자리에서도 쫓아내자고 했을 때, 그의 말을 들었다면 이런 자리를 만들 필요도 없었거든.

자연히 알리가 지금쯤 카심의 자리를 차지하고 있겠지.

'나도 이런 연극 따위를 할 필요가 없었고!'

"어떻게 할까요? 아크람."

아크람에게 물으면서도, 내 눈은 카심들에게 가 있었다.

'승부수가 무위로 돌아갔으니, 후폭풍은 각오하고 있겠지. 싸그리 지구 밖으로 날려 보내주지.'

그가 꾹 다문 입술을 열었다.

"끙. 아까 하려던 말, 계속해 주시겠습니까? 카심 왕자가 했다는……."

그와 눈을 마주치며, 눈썹을 으쓱했다.

'정말 다 말하리까? 몽땅 다? 어디까지 해야, 다른 놈은 내버려 두고 알리만 밀어줄 거요? 이 이상 알리의 로열로드에 장애물이 없으면 하거든요.'

아크람이 움찔하며, 나와 눈이 마주쳤다.

속으로 계산기를 두들겼다.

어느 정도까지 말을 해야, 아크람의 원하는 바와 수위를 맞출 수 있을까?

'아크람과 척을 져도 좋을 건 없거든.'

그의 갈등을 보여주듯, 눈가가 파르르 떨렸다.

적당한 선에서 타협할 필요가 있었다.

하지만 내 질문에 대답은 다른 곳에서 나왔다.

"성훈. 단 한 마디도 빠뜨리지 말고, 그대로 말해 주겠나?"

분노가 담긴 목소리의 주인은 국왕이었다.

왕이 이렇게 말할 줄은 몰랐다.

한 마디도 빠뜨리지 말라니.

'자미르가 확실히 역린을 건드렸군.'

아크람도 예상치 못했던 모양!

"전하! 하지만 지금은……."

아크람의 만류에도 왕은 요지부동이었다.

눈을 감은 채, 조용히 말했다.

"한 마디도 빠뜨리지 말고! 부탁하네."

마음의 분노와 격동을 감추기 위해 눈을 뜨지 못하는 것이리라.

고개 숙인 카심을 보며, 한 자 한 자 또박또박 읊었다.

"카심 왕자께서 말씀하시기를, '왕. 세. 자.' 형님께서 국왕이 되시면, 저한테 국방부 장관 자리를 주십시오. 라고 하셨습니다."

원로들의 한숨 소리가 들렸다.

'국정을 애들 소꿉놀이로 생각했구만. 쯧쯧.'

'국왕께서 현명하게 처신하셨소. 나라를 말아먹을 뻔했구만.'

'저리되면 국방부 장관 자리도 빼앗아야 하는 것 아니오? 언제 반란을 일으킬지 누가 아오?'

내가 말했지?

나한테는 꽃놀이패라고.

내 입에서 '왕세자'라는 말이 나온 순간, 네놈들은 끝난 거였어.

'이제 정산의 시간이지.'

아크람과의 결과 정산.

그는 적절한 선에서의 카심 패거리의 정리를 원할 테고, 난 알리를 확실히 밀어준다는 확신이 필요하고.

국왕의 의지는?

그는 상관없다.

기분 따라 왔다 갔다 하는 국왕의 비위를 맞추느니, 나는 아크람이 훨씬 더 믿음직했다.

국왕의 미간에 주름이 깊어졌다.

어찌 불쾌하지 않으랴?

왕은 자리를 줄 생각이 없는데, 이미 카심은 왕의 행세를 하고 있는데!

'반란에 대한 원로들의 염려가 턱없는 노파심으로 들리지는 않을 걸요.'

곧이어 얼굴이 붉어졌다.

곧 발작할 것 같은 느낌!

'아직 그러면 안 된다고요. 아직 읊어야 할 이름이 얼마나 많은데.'

숨 돌릴 틈도 없이 재빨리 말을 이었다.

"아! 물론 카심 일왕자께서는 절대 허락하지 않으셨습니다."

곳곳에서 안도의 한숨이 터져 나왔다.

내 말에 카심을 두둔하던 소수의 원로들이 고개를 꼿꼿이 세웠다.

'거 보쇼. 내가 뭐라고 했소! 아무리 카심 왕자가 건방지다고 해도, 그 정도의 사리분별은 있다고!'

'그럼. 당연하지. 어디 무엄하게 국왕의 권한을 함부로 넘본다는 말인가?'

'다행일세. 정말 그랬다면, 당장에 주리를 틀어도 모자랄 텐데 말이야.'

그들의 말을 들으며, 왕의 주름도 조금 펴졌다.

아무리 미워도 아비로서의 정이 어디 가겠는가?

국왕의 안도와 달리, 아크람은 눈매를 좁혔다.

'이렇게 끝낼 인간이 아닌데, 아까 분명 송곳니를 세우는 걸 봤다네.'

아니나 다를까?

성훈은 전체를 관망하며, 분위기를 살피고 있었다. 타이밍을 재고 있는 느낌이랄까?

'그럼 그렇지. 절대로 카심에게 유리한 말을 할 인간이 아니지.'

카심뿐 아니라, 그들의 패거리까지 같이 싸잡아 잡을 속셈이겠지.

성훈의 시선을 쫓았다.

그의 눈이 닿는 곳에 카심과 자미르가 있었다.

왕의 화가 가라앉았으니, 둘의 얼굴도 편안해야 마땅하건만, 오히려 더 긴장한 모습이었다.

게다가 자미르의 얼굴은 아예 사색이 되어 있었다.

'뭐지? 왜?'

허나 한 가지는 확신할 수 있었다.

태풍은 지나가지 않았다.

이 고요는 지금 태풍의 눈 안에 있기 때문이다.

그 태풍이 천천히 이빨을 드러내고 있었다.

이 순간, 아크람은 촉각을 곤두세웠다.

'어디까지 휩쓸고 지나갈 생각인가?'

내가 카심을 봐줬다고 생각했다면, 순진하신 겁니다. 국왕.

지금 왕을 진정시키는 이유가 뭐냐고?

생각해 봐!

이 정도로 끝나면 시시하지.

대부분 그런 경험이 있지 않나?

어중간하게 화내고 나면, 다시 화내기가 어정쩡할 때 말이야.

별거 아닌 일에 화를 내버렸으니, 다시 화를 내자니 좀스러워 보이고, 그냥 넘어가자니 뒤가 찜찜한 기분.

중간에 끊으려면 시작도 안 했을 거라고.

그러니까!

아직은 당신이 화를 낼 때가 아닙니다.

하지만 걱정하지 마세요!

곧 코피가 터질 정도로 화가 날 테니까.

아크람의 시선이 느껴졌다.

묘한 표정으로 내 속셈이 뭔지 탐색하고 있었다.

'사실만 줄줄 나열한다고 드라마가 되는 게 아니잖아요. 안 그래요? 아크람!'

드라마의 생명은 완급 조절이 아니겠어?

안도하는 왕과 왕족들을 보며, 씨익 미소 지었다.

그리고 사색이 된 카심과 자미르의 얼굴이 내 시야에 들어왔다.

'너희 둘은 다음에 내가 할 말이 뭔지 알지?'

자미르가 내 눈을 피했다.

'내가 그랬지!'

자미르. 네놈만큼은 반드시 죽인다고!

한층 편해진 표정의 왕에게 불을 질렀다.

"카심 일왕자가 말하기를. '국방부 장관 자리는 이미 자미르가 하기로 예약되어 있어서 안 된다⋯⋯.'"

순간, 국왕의 관자놀이 혈관이 불끈 솟아올랐다.

"이런! 안하무인이 있나? 정말인가?"

카심이 벌떡 일어나 손을 내저었다.

"부왕! 모함입니다. 이건 절대로 모함입니다."

"맞습니다. 부왕. 어찌 저런 외국인의 말을 믿으시는지요."

자미르도 벌떡 일어서서 카심에게 힘을 보탰다.

그는 뒤돌아보며 원로들에게 간절한 도움을 요청했지만, 그들의 편을 드는 원로는 아무도 없었다.

이에 왕의 호통이 울려 퍼졌다.

"닥쳐라! 카심!"

세 부자간의 눈에서 불똥이 튀고 있었다.

'이것 보세요. 아직 제 말 안 끝났거든요.'

"모함입니다. 말을 듣지 마십시오. 저를 궁지로 몰아 알리를 대신 왕세자로 세우려는 간교한 계략입니다."

카심의 항변에 자미르도 말을 이었다.

"맞습니다. 아무런 증거도 없습니다. 오로지 있는 거라고는 저 동양인의 입에서 나오는 말뿐입니다. 믿지 마십시오."

분노한 왕에게 맞서, 두 왕자가 자신의 결백을 주장하고 있었다.

'응. 계략도 맞고, 증거가 내 말뿐인 것도 맞아.'

하지만!

없는 말을 지어내지는 않아!'

네놈들의 발목을 잡는 건 내 입이 아니야.

네놈들의 입에서 나온 말이지.

그리고 이런 말 몰라?

한국말은 끝까지 들으라는, 그 명언 말이야!

눈싸움이 오가는 가운데, 말을 이었다.

"그래서 카심 왕자가 물으시더군요. '왜 나는 안 되냐고!'"

다시 모두의 시선이 내게로 집중되었다.

"'하지만 안 될 거다. 미국하고 무기 거래는 거의 자미르가 한 거나 마찬가지니까, 그 노하우 따라가기 힘들 걸!'라면서 웃으면서 말씀하셨죠."

왕이 소리쳤다.

"자미르!"

"네! 부왕!"

자신의 결백을 주장하려는 듯, 그의 목소리에는 힘이 넘쳤다.

"네가 카심을 대신해서 미국과 무기거래한 사실은 극소수의 사람들만이 알고 있는 비밀이다."

"그건 알리 형님이……."

왕이 고개를 저었다.

"아니. 이건 알리도 모른다. 심증이 있더라도, 확신은 불가능하지."

물끄러미 쳐다보는 그에게 왕이 물었다.

"이유를 아는가?"

할 말이 있었을까?

왕이 말을 이었다.

"내가 아무에게도 말하지 않았거든. 심지어 가족에게도."

아크람이 조용히 고개를 저었다.

이제 어떤 변명도 왕에게 먹히지 않는다는 것을 확신했기 때문이리라.

왕이 물었다.

"이제 그대에게 묻겠다."

왕의 손이 내게로 향했다.

"알리도 모르고, 아무도 모르는 사실을! 어떻게 저, 성훈이 알고 있나?"

왕의 지적에 카심과 자미르가 의자에 털썩 주저앉았다.

왕도 자리에 앉으며 말을 이었다.

"그때, 나는 아크람의 충언을 들었어야 했다. 자미르. 네가 어떤 잘못을 했는지 알면서도, 나는 부자간의 정에 눈이 가려 올바른 판단을 하지 못했다."

그는 침통한 표정으로 심경을 토로했다.

"내 정에 이끌린 오판이 나라를 부정부패로 물들게 했고, 이다지도 나를 괴롭게 했구나."

왕이 어떤 말을 할지를 예감했음일까?

카심이 간절한 표정으로 고개를 들었다.

"부왕……."

하지만 왕은 철없는 첫째 아들을 측은하게 바라보며 말했다.

"카심. 그대는 몇 번이나 기회를 주었음에도, 어리석은 선택으로 자신을 망쳐버렸구나."

카심에게서 눈을 거두며 아크람을 보았다.

하지만 그러고 뾰족한 방법이 있으랴?

조용히 고개를 저었다.

"전하. 염소 한 마리가 불쌍하다 해서, 수천수만의 양 떼를 등한시해서는 안 될 것입니다."

왕이 힘없이 고개를 끄덕였다.

"이제 정말 구제할 방도가 없구나."

왕은 아크람과 다시 한 번 눈을 마주치고는, 카메라로 시선을 돌렸다.

"오늘 이후로 카심과 자미르는 모든 공직에서 물러난다. 물론 왕족으로서 누릴 수 있는 모든 특권을 박탈한다. 또한, 이 둘은 이후 어떤 공직에도 임할 수 없을 것이다."

왕의 공식적인 선언이었다.

카심과 자미르가 고개를 떨구었다.

카심과 자미르의 정치생명은 완전히 끝났다.

하지만 아크람이 보기에, 성훈은 아직 만족하지 못한 눈빛이었다.

'어차피 지금 얘기하지 않는다고 해도, 다른 방법으로 말하겠지.'

지금 성훈의 눈이 카메라에 꽂혀 있는 것만 봐도 알 수 있었다.

그의 눈이 협박하고 있었다.

'좀 더 내놔요. 안 그러면 다 불어버릴 거니까.'

그의 발언은 비싸게 팔릴 것이다.

해외 언론까지 덤벼들면, 아크람 자신이 아무리 통제한다 해도 완전히 감당하기가 불가능하리라.

아크람의 머리가 빠르게 돌아갔다.

'아마 그가 호명할 수 있는 숫자는……?'

저기 고개를 숙이고 있는 왕족들의 숫자와 일치하겠지.

평생 숙일 일이 없었던 고개를!

아무 이유 없이 성훈 앞에서 숙일 이유가 없질 않은가?

'필시 얼굴을 보이고 싶지 않은 게지!'

그 수가 무려 서른 명이 넘었다.

성훈의 수완에 혀를 내둘렀다.

'능청스럽게 외국인이라고 핑계를 대다니.'

또한, 어떤 결과가 나올지 훤히 알고 있으면서도, 상대의 급소를 기가 막히게 찌른다.

사람을 한쪽으로 몰아붙인다.

'그렇게 하지 않을 수 없게끔 만들지!'

아무것도 모르는, 순진한 얼굴을 하고서 말이다.

이런 성훈이 어떤 행동을 할지는 충분히 예상이 가지 않던가?

'기자들에게 다 까발리고 나서, 외국인이라 몰랐다고 능청을 떨겠지! 크윽!'

다른 방법으로 공략하면 되지 않을까?

허나 그것은 불가능할 것이다.

'그때는 이미 알리 왕자라는 강력한 방패를 등에 업고 있겠지!'

이른바 속수무책!

그 작전에 당하는 사람이 자신이 된다고 생각하자, 가슴이 아려왔다.

아크람 자신도 왕족들 내부의 청소를 바라지만,

'나도 바라고 바랐던 일이지만……'

아크람의 고민은 다른 것이었다.

'성훈 님. 나라를 뒤흔들어 놓을 심산이시오?'

처량한 젊은 왕족들을 보자, 가슴이 아려왔다.

한창때의 나이!

어디에 꽂아놔도 제 몫을 할 수 있는 중년과 젊은이들이었다.

허나 아직도 완벽하게 정계에 자리를 잡지는 못했다.

'그게 어찌 그들의 탓이라고만 할 것인가?'

국왕의 재위 기간은 생각보다 길었고, 아직도 왕이 신뢰하는 자들은 건재하다.

자연히 요직에 등용될 기회가 없었다.

'그러니 카심 왕자에게 마음이 흔들릴 수밖에 없었겠지.'

단지 그 선택에서 실수를 한 것뿐.

누구라도 카심을 선택할 수밖에 없었을 것이다.

모두가 카심이 왕이 되지 못할 거라, 예상이나 했었던가?

'그 기간이 무려 30년이었답니다.'

지금 국왕의 분노로 봐서는, 호명된 자들은 두 번 다시 기회가 없을 것이다.

알리의 성격상, 부왕의 말을 그리 쉽게 바꾸지 않을 것이 분명했다.

그건 너무 잔인하지 않은가?

그보다 더 큰 문제는……

'인재 부족에 허덕이는 반쪽짜리 정권이 되겠지.'

성훈이야 그 자리 아무나 앉히면 되지 않느냐고 항변하겠지만, 왕족이 힘을 잃은 나라가 왕국으로 유지가 되겠는가?

'견디기 어려운 진통을 겪게 되겠지요.'

그것 말고도 내부적 문제가 산재한 사우디아라비아.

나라가 겨우 유지되고 있는 것도 왕족이 아직은 힘이 있기 때문이 아닐까?

'젊은 시절 겪었던, 그 참혹한 내전을 살아생전에 또 보고 싶지는 않군요.'

성훈의 혀가 연신 입술을 핥고 있었다.

'입이 근질거리는 게지.'

젊은이에게 인내를 요구하는 것은 무리일지도 모른다.

아크람이 각오를 굳혔다.

'일단 살릴 수 있는 데까지 살려보자.'

아크람의 눈 깜빡임이 심해졌다.

'아무 말도 안 했는데, 왜 자꾸 눈치를 주는 거야?'

당연히 나는 아직 만족하지 못한다.

나와 내 조국을 비웃은 놈들이 아직 저기 많이 있다고!

내 마음을 알아챈 것인가?

한숨을 푹 내쉰 아크람이 물었다.

"혹여 더 하실 말씀이 있으신지요? 국왕께는 한 마디도 빠뜨리지 말라 하셨습니다."

그럼 그렇지.

이심전심!

아크람도 이 정도로 만족할 리가 없지.

멍석을 깔았으니, 춤을 춰야지!

'고개 숙이고 있다고 내가 기억 못 할 줄 알았지. 난 내 앞에서 욕하는 놈은 절대로 안 잊는다고!'

아크람은 내가 여기 왕족들, 모두를 날리는 걸 원하지는 않을 것이다.

'그런 건 말 안 해도 안다고!'

하지만 앞으로는 날 만나도, 감히 눈도 못 마주치게 만들어주지.

왕과 카메라를 번갈아 바라보며 말을 이었다.

"카심 일왕자께서는 국방부 장관 외에도 여러 자리를 언급하셨습니다."

카심 주변에 있는 인물들부터 차례차례 읊었다.

누군가 말하지 않았던가?

권력의 크기는 왕과의 거리에 비례한다고.

'가까이 있는 놈들이 간신들이지. 환관 같은 놈들!'

"내무부 장관에 파드, 건설부 장관에 하디……."

언급한 이름이 열 개가 넘어갈 때쯤인가?

"크흠. 크흠."

아크람의 기침 소리가 들렸다.

'쳇! 아직도 많이 남았는데…….'

못 들은 척하면서 계속 말했다.

"압달아……."

아크람이 미친 듯이 기침을 해댔다.

"콜록! 콜록! 콜록!"

발작적으로 기침하면서도, 눈만은 동그랗게 뜨고 나를 노려보고 있었다.

'많이 날리지 않았습니까? 이제 그만 하시지요. 성훈 님!'

그의 눈이 애원하고 있었다.

어찌 그 간청을 외면할 수 있으랴!

'이러다가 노인네, 숨넘어가시겠네. 진짜!'

녀석이 안도의 한숨을 내쉬는 게 보였다.

'다른 녀석들보다 이름이 길어서 다행인 줄 알아라.'

놈이 안도한 표정으로 고개를 드는데…….

아까 놈이 했던 말이 명확하게 떠올랐다.

'앗! 저놈! 아까 한국이 일본 어디쯤 붙어 있느냐고 물었던 놈이잖아.'

넌 용서가 안 된다!

얼버무리려던 이름을 마저 불렀다.

"압달아지즈."

애원하는 아크람의 눈빛을 외면하면서 말이다.

놈의 고개가 팍 꺾였다.

그러게 가만이나 있지. 뭐하러 카심에게 잘 보이려고 날 비웃었냐?

양심의 가책 따위는 없다.

죽어 마땅한 놈들을 반이나 넘게 살렸는데!

'남은 놈들은 아크람한테 잘해야 할 거야.'

이 스캔들은 영원히 끝나지 않아.

마음에 들지 않을 때마다 하나씩 터뜨릴 테니까.

유통기한 지난 게, 뭐 그리 효과가 있겠냐고?

알리한테 말할 거거든.

얼마 지나지 않아 곧 알리의 치세가 될 텐데.

이 말을 듣고, 고지식한 알리가 가만히 있겠어?

그리고.

알리가 나를 믿겠어? 아니면 네놈들을 믿겠어.

이미 답이 나와 있는 문제로 골머리를 앓을 이유는 없다.

언제 그랬냐는 듯, 기침을 멈추고는 아크람이 내게 물었다.

"성훈 님. 감사합니다. 더 기억나시는 이름이 있으신지요?"

칫! 잘 나가는 청소기를 급정지시켜 놓고는, 저리 천연덕스레 묻다니!

아크람에게 눈을 부라렸다.

'내친김에 다 말하리까?'

고개를 덜 숙인 녀석들의 뒤통수를 보며 입을 열었다.

"지……."

아크람이 다급하게 고개를 숙였다.

"지금 말씀하신 것 외에 다른 이름이 생각나시면 꼭 말씀해 주십시오. 성훈 님."

그래. 이 정도면 충분해.

이 싸움에서는 남은 패가 많은 자가 유리하니까.

"네. 알겠습니다. 아크람."

우리의 대화가 끝나고, 왕은 길게 탄식을 내뱉었다.

"많기도 하군. 왕가의 일원으로서의 자각이 부족한 것인가? 어찌 이리도 경박한가?"

왕의 머리가 복잡해졌다.

카심이 준다는 자리, 뉘라서 그 유혹을 거부할 수 있으랴?

또한, 한 명 한 명의 면면을 어찌 모를까?

발가벗고 뛰어다닐 때부터 봐 왔던 일가의 조카, 생질들이 아니던가?

'이 불쌍한 놈들은 또 어찌 처리해야 할꼬?'

어물쩍 넘기기에는 그 잘못이 너무 크지 않은가?

왕의 눈이 아크람에게 향했다.

기다렸다는 듯, 아크람은 한 발 앞으로 나섰다.

"이들이 의도했든, 하지 않았든, 그 결과는 결코 좌시할 수 없는 죄를 저질렀습니다."

왕이 가만히 고개를 끄덕였다.

아크람의 사람됨을 모르지 않는바, 이들을 죽이자고 덤빌 사람은 아니었다.

아크람의 말이 이어졌다.

"이 자리에서 왕께서 능지처참을 명하신다 한들, 감히 따르지 않을 수 없을 것이옵니다."

호명된 자들의 얼굴이 하얗게 질렸다.

'흐. 한두 번 해보신 솜씨가 아니신데.'

지금 왕과 아크람은 연극을 하고 있었다.

왜 이렇게 확신하느냐고?

난 제삼자잖아.

저들이 죽든 말든 아무 상관이 없다고!

그래서 지극히 객관적으로 상황을 관망하고 있지.

왕은 분노할 테고, 아크람은 저들의 잘못을 지적하다가 왕에게 자비를 구하겠지.

 그리고 관계자들을 선동할 거고. 그럼 왕은 못 이기는 척!
꼭 다 풀어야 답을 알 수 있는 건 아니지 않나?

 그럼에도 그들이 원하는 결과를 얻을 것이다.

 '죽음과 삶을 오가는 경험을 한 만큼, 왕과 아크람에게 감사할 수밖에 없지.'

 저게 연극인지 아닌지는 금방 알게 될 거다.

 하여간 지금은 내가 끼어들 시간이 아니었다.

 '하는 거 보고, 결정해야지.'

 아직 내가 원하는 결론은 나오지 않았다.

 한편, 아크람은 가슴이 조마조마했다.

 왕의 분노는 아직 풀리지 않았다.

 '대의를 생각하십시오. 알리 왕자를 반쪽짜리 왕이 되게 할 수는 없지 않겠습니까?'

 카심과 자미르가 꿈꿨던 조정의 구성이 완전히 엉터리는 아니었다.

 다만 자신에게 충성하는 순서대로 좋은 자리를 주기는 하였으나, 무능력한 자들은 아니었다.

 '완전히 버리기는 아깝지 않습니까?'

 그렇게라도 재활용해서 써먹어야 할 판국이었다.

 숨을 가다듬고 왕에게 말했다.

 "왕의 위엄을 넘보려 한 죄, 그건 분명 대죄이오나, 자고로 성군은 벌을 행함에 있어, 항상 자비를 함께 행한다 들었습니다."

아크람의 말에 원로들도 고개를 끄덕였다.

한 무리의 원로들이 고개를 조아리며 외쳤다.

"왕이시여. 저 어리석은 자들을 벌하시되, 자비도 함께 베푸시옵소서!"

왕의 근엄한 목소리가 울려 퍼졌다.

"이 일은 이들의 잘못이라고만 치부할 수 있겠는가? 이들을 가르치고 훈육해야 할 경들의 잘못 또한 없다고 말할 수는 없을 터!"

허연 머리들이 더 아래로 내려갔다.

"지극히 옳은 말씀이시옵니다. 어리석은 신들 또한 함께 벌하여 주시옵소서!"

이리 손뼉이 짝짝 맞으니, 어찌 좋은 소리가 나지 않겠는가?

앞자리에 앉은 젊은 왕족들은 부끄러움에 고개를 들 수가 없었다.

"허나 이 어찌 경들의 잘못이라고만 하겠는가? 이 모든 것이 다 나라의 수장인 내 잘못인 것을."

왕이 비통한 표정으로 말을 이었다.

"왕가 전체가 알라께 잘못을 빌어야 할 걸세."

국왕의 말에 전체가 숙연해졌다.

아크람이 차분한 말로 침묵을 깼다.

"전하. 젊음은 항상 조급하지요."

왕의 눈썹이 꿈틀거렸다.

"저 아크람 또한, 그 조급함으로 얼마나 많은 과오를 저질렀습니까? 국왕의 자비로움이 없었다면, 이 자리에 있을 수나 있었겠습니까?"

아크람의 은근한 말에 왕이 피식 웃었다.

그와 평생을 같이 해 온 아크람.

그런 그가 자신의 실수를 말하고 있었지만, 그건 왕 자신이 한 실수였다.

'아크람, 자네가 한 거라고는, 내 실수를 어떻게든 무마시킨 거였지.'

평생의 친우인 아크람이 묻고 있었다.

'당신은 젊을 때, 실수 안 했소?'라고.

그 의미를 어찌 모르겠는가?

'적당히 혼내고 용서해 줍시다.'라고.

왕이 말했다.

"그렇지. 혈기가 넘치기에, 성급할 수도 있지."

좌중을 둘러보며, 왕이 말을 이었다.

"허나 이 일을 용서해 주고 넘어가면, 왕가의 기강이 흔들릴 것은 자명한 사실!"

무슨 수로 왕의 말을 부인하랴?

모두 굳은 표정으로 왕의 다음 말을 기다렸다.

왕이 굳은 표정을 풀었다.

"아크람! 이 천둥벌거숭이들을 어찌하면 좋겠소?"

젊음을 말하며 왕을 설득했던 아크람이었다.

응당 용서를 말할 줄 알았건만, 그는 기대를 배신하고 단호한 처벌을 말했다.

"왕가의 기강을 세우는 취지에서 저들에게 십 년간 공식 활동을 금지하는 것이 어떨까 하옵니다. 그것만으로도 왕의 자비는 충분히 전해졌다 사료되옵니다."

그 말에 사십 대에 접어든 몇몇 왕족들은 머리를 움켜 뜯었다.

목숨은 살렸으되, 십 년간 두문불출이라.

인생의 황금기를 집안에 처박혀 지내야 한다.

이 말이 의미하는 바는 자명했다.

정치생명은 끝났다는 거지.

하지만 목숨을 구한 것만으로도 다행으로 생각했던지, 안도의 한숨이 곳곳에서 터져 나왔다.

왕이 허허로이 웃었다.

"너무 가혹하지 않겠는가? 아크람. 늙은 내가 십 년이나 살 수 있겠소?"

그 물음에 아크람이 은근히 웃으며 답했다.

"그 이후는…… 다음 왕에게 자비를 구하는 것이 옳은 순서가 아니겠습니까?"

"과연 좋은 생각이로다. 그리하도록 하라."

왕과 아크람의 연극이 끝났다.

그리고 청소도 끝났다.

거봐! 저들은 얻을 수 있는 걸 다 얻는다고 했지.

다음 왕?

다른 말로 알리!

저 호명된 사람들은 무조건 알리한테 기어야 한다고!

정치생명을 일 년이라도 빨리 되살리려면…….

왕은 자비를, 아크람은 악역을.

수십 년 듀엣의 노래가 이러할까?

나무랄 데 없는 완벽한 결과를 만들어냈다.

거기다가 은근슬쩍 알리에게까지 힘을 실어주지 않았나?

'이보다 더 좋을 수는 없을 것 같군. 능구렁이 같은 노인네들!'

이제 알리가 스스로 무덤을 파지만 않는다면. 적어도 다음 대의 사우디아라비아 왕은 그였다.

'두 분의 연극 잘 감상했습니다. 하지만 이대로 끝나면 곤란하죠!'

만족스러운 미소를 짓고 있는 왕과 아크람과 달리, 나는 입이 툭 튀어나와 있었다.

꼴 보기 싫은 놈들 쳐낸 게, 나한테 이득이 돼?

전혀 아니라고!

'실익이 없잖아!'

물주인 알리가 더 유리한 위치에 선 것만으로는 한참 부족해!

향후 몇 년간 중동에 얼마나 높을 건물들이 많은 들어서는지 아나?

경쟁하듯이 하늘을 찌르는 마천루가 세워진다고. 끝없이 솟아오르는 기름의 자본으로 말이다.

물론 내 경우, 높이에는 별다른 흥미가 없어.

하지만 그런 건물에는 평소에는 생각지도 않은 첨단 기술들이 동원된다고.

내가 현재에 왜 들어가고, 내 추종자들을 현재 그룹 곳곳에 심어 뒀는데?

다 이런 새로운 시도를 하고 싶어서라고!

'하지만 누가 그런 건물의 설계를 맡길 정도로 난 유명하지 못하지.'

현재 건설이 있지 않으냐고?

착각이 심하시군!

건물 올리는 건 잘해도, 결국 설계는 외국의 유명 건축가들이 한다고.

현재 건설은 단지!

그들의 설계를 현실화시키는 건설회사일 뿐이다.

'겨우 그 정도라고.'

우리나라 건설업체의 위상이라는 게.

유명하지도 않은 건축가에게 누가 마천루의 설계를 맡기 겠냐고?

물론 아무리 유명한 건축가라 해도 어마어마한 자본의 물주가 없다면, 평생 가도 한 번 마천루를 세우지 못한다.

돈 없이 뭘 하겠다고?

그건 말 그대로 하늘에서 별을 따라는 헛소리지.

'하지만 나는 가능해.'

저기 퉁한 표정으로 앉아 있는 알리가 그렇게 만들어 줄 거거든.

그러므로 못해도 일이 년 내에 알리가 사우디아라비아의 모든 실권을 한 손에 거머쥐어야, 내 계획에 차질이 없다고.

그가 왕이 되든, 되지 못하든 간에 말이다.

왜?

그는 내게 물주여야 하거든!

괜히 알리를 물주 일 순위로 삼는 게 아니라고.

압둘처럼 이리저리 재지도 않아.

마음에 들면 화끈하게 지르는 게 알리라고.

'당신 나라에 내 설계로 건물 세울 거니까, 돈 좀 대 보세요!'라고 했을 때, 척척 내놓을 수 있는 유일한 사람!

거기에 닳고 닳은 아크람이나 왕이 떡하니 반대를 해봐?

골치 아프다고!

그럼, 알리가 왕이 될 때까지 기다리라고?

장난해?

매일 알리 아버지가 죽으라고 빌어야겠네?

그럴 시간이 어딨어?

할 일이 얼마나 많은데!

그리고!

'내가 제일 싫어하는 게, 남 좋은 일만 시키는 거라고!'

아크람에게 눈을 끔뻑거렸다.

'빨리 거래 완료합시다. 당신만 득 보고 끝낼 생각이면 각오하셔! 몽땅 파투내 버릴 테니까.'

대청소를 끝냈으면, 그다음 뭘 해야 하겠나?

'새로운 판에서 자리 정리해야죠! 안 그래요?'

내 독촉에 마지못한 아크람이 다시 한발 앞으로 나섰다.

"전하!"

"아직 할 말이 남았나? 아크람."

왕에게 고개를 조아리며 그가 말했다.

"카심 일왕자를 국방부 장관에서 해임하셨습니다."

왕이 고개를 끄덕였다.

"그랬지."

"공석이 된 지금, 이 자리에서 결정하는 것이 좋지 않을까 생각하여 여쭙는 것입니다."

왕이 고개를 갸웃하며 물었다.

"그게 그리 급한 일이오?"

왕의 질문에 아크람은 단호하게 답했다.

"아시다시피, 그 자리는 한시도 비워둘 수 없는 막중한 자리입니다."

왕은 고개를 갸웃했지만, 이내 생각을 바꿨다.

'아크람이 고집을 세우는 데, 이유가 없었던 적이 있던가?'

고개를 끄덕이며 물었다.

"아크람. 그대 생각은 어떠하오?"

"현재 알리 왕자께서 맡은 공직이 없으니, 적당하지 않을까 사료됩니다."

아크람의 의중을 모를 리가 있는가?

왕이 고개를 끄덕였다.

"그대의 생각이 옳은 것 같군."

왕이 원로들을 보며 물었다.

"이견이 있는가?:

조용한 침묵만이 흘렀다.

'이러니 어중간한 왕족은 아크람에게 벌벌 떨지.'

그의 조언이 왕의 결정과 직결되어 버리니 말이다.

사우디아라비아의 일인지하 만인지상이라 할 만하지 않은가?

그 아크람이 눈으로 물었다.

'국방부 장관이면 되겠지요? 그 자리가 차세대 왕의 지정석입니다.'

그랬기에 카심이 왕세자일 때, 그 자리를 맡았던 것이리라.

그동안 미동도 않고 있던 알리의 눈동자가 화들짝 커졌다.

그 옆에 있던 압둘조차도 이럴 거라고는 생각을 못 했던지, 얼굴에 환하게 미소를 지으며, 알리의 어깨를 토닥였다.

만족스러운 눈으로 아크람에게 고개를 숙였다.

이 정도면 만족스러운 거래이지 않아?

'허울뿐인 왕세자 자리보다는, 실권을 쥘 수 있는 자리를 얻어야지. 암!'

이제 알리 하기 나름이겠지!

하지만 경쟁자도 없이 혼자서 질주하는데, 권력을 잡는 데 일 년이나 걸린다면…….

'실망할 거예요. 알리!'

왕이 의자에서 일어섰다.

"분위기가 이러하니, 오늘 하기로 한 수여식은 내일로 미루려 하는데, 자네 생각은 어떠한가? 아크람."

"그러시지요. 그게 나을 것 같습니다."

왕이 연회장을 나가며 말했다.

"성훈. 자넨 따로 나 좀 보지?"

잠시 의아했지만, 왕의 미소 띤 표정으로 보아 긴장할 필요는 없을 것 같았다.

"바로 찾아뵙지요, 전하."

아크람이 몸을 옮기는 왕을 부축했다.

그리고 알리를 돌아보며 말했다.

"알리 왕자님."

"네! 말씀하시지요. 아크람."

"성훈 님께서 궁내 지리에 익숙하지 못하시니, 왕자님께서 안내하시는 것이 어떠하올는지요."

허나 대답은 알리가 아니라, 왕에게서 나왔다.

"알리는 아크람의 말대로 하라."

알리가 고개를 숙였다.

"분부대로 하겠나이다. 부왕!"

to be continued